中国少数民族文学发展工程
出版扶持专项丛书

汶川年代：生长在昆仑

（羌族）羊子／著

作家出版社

羊子　本名杨国庆，羌族，一级作家，籍贯四川省理县，毕业于四川师范学院中国语言文学专业，中国作家协会会员，四川省作家协会少数民族文学委员会委员，现任职于四川省阿坝藏族羌族自治州汶川县文学艺术界联合会。出版诗集《一只凤凰飞起来》，散文集《最后一山冰川》《汶川羌》（中国作家协会2008年度重点扶持作品）《静静巍峨》（中国作家协会2012年度重点扶持作品），合著长篇小说《血祭》，编著评论集《从遥远中走来》。

鲁迅文学院第12届高级研讨班学员、美国爱荷华大学“国际写作计划”出访作家。《汶川羌》作品研讨会在北京中国现代文学馆举行。作词《神奇的九寨》入选九年义务教材《音乐》（第14册）。

作者近照

谨以此诗

回映宇宙鸿蒙中一段中华人生。

——题记

目录

上部

长河一滴

这是非正常状态下的书写。天都知道，这是朝不保夕的危机中忘我的书写！想着这种书写，谁都可以想见我这一个诗人的心。这个世界，——这个足够宽容的世界，那时我想，可不可以像大地震和它的次生力量一样，虎视眈眈地分娩着我的状态的存在和诗情的诞生，也允许着我的身体与灵魂双重交织的痛和写的这般要命的出现?

第一乐章　时光聚集

一

时光飞去飞来
从出发的那一瞬间开始
不停找寻宇宙中一个个浮游的物质
作为承载光芒与力量
思想和情感的内核
化成云，变作星
释放一个个独立的小宇宙
让我看见
体内那些此消彼长的气息
源源不断的意志和精神
星云一样寂寂浩荡的血液
运动和象征

许多个无数的我就这样来了
去了，又来了
被更多光芒发现，追拥，欣赏，照耀
激荡，融入，并且期待

直至没有一个所谓的结局或者开始

二

雷霆炸响在遥远的天际
流荡的声音顺着空气扩散
雨水一样奔向大地如女人一般热切的渴望
静静等待空旷天空的下面
寂寞深处的身体
起伏广袤的胸潮
数千万年囫囵生吞而去
岷江的水浪映见上游文明的火光
在众山重重簇拥的姜维城、布瓦山
营盘山、剑山寨、阿尔村丰饶的土地上
烧去山的野性，兽的野性
水的野性，时间的野性
脚底四面沸腾的野性

在山与水的指引下，火引出田
石引出玉，骨引出陶
洞穴引出茅屋
果酒引出手舞足蹈
一千年过去了，又一个千年不见了
雷霆再次响彻岷山昆仑的怀抱
嚣张的雨引出临危受命的禹
踏过母亲生死的剖腹

一步一步，走上族群的荣光
走进九州不屈的梦想

4000 年后阔大的天空几近洪荒
粗糙的表情裸露细若游丝的呼吸
失踪得恍若没有的太久，太久
让人不再忆起或不再相信的雷霆
从千层地底的深幽
以喋血万众、震撼世界的方式
屠刀一般，居然
狠狠捅进岷山昆仑深情柔软的腹部
汶川，暗藏新生的灾难从天落下

三

猛地，从一方不确定的地底蹿出
密密层层环绕而行
发着剧烈盈盈沉闷的声响
漩涡一样抖动
抖动——由远到近
抖动——由轻而重
抖动——抖动——抖动
抖遍汶川所有筋骨和肌肤

一秒秒强悍一遍遍震颤
来来回回揉捏每个神经和细胞

5 秒……10 秒
15 秒……20 秒……天哪
一秒秒蹂躏一颗颗心灵
一秒秒拖进恐惧的深渊
抖啊抖——抖——抖
越来越紧，越来越猛
越来越深
25 秒……30 秒
还在抖……还在抖
没一个地方安全了
抖——抖——抖
35……40
不依不饶，丧心病狂
无情无义
还在抖……还在抖
46……50……抖啊抖
到处混乱，没有了出路，世界末日来了
抖抖抖……抖抖抖……抖抖抖
魔鬼的狰狞欢笑着奔跑
潮水一般，尘土一样
席卷一切生灵与非生灵
60……65
天哪……死亡压过来了
死亡清清楚楚
70……80
昏天黑地，无边无际

无始无终

时间早已失踪，哪里还有什么分分秒秒

天塌了，睁眼看不见光明
到处是亿万年前的岩石翻身了
在山谷中狂奔、追打、包抄
围困，埋葬千沟万壑
天塌了，呼号听不见声音
沉默千万年的尘土暴动了
搅起黑色尘烟
追赶滚滚山石
抖啊抖，无影无踪
整个岷江大峡谷被暴力撕扯
抖啊抖，一刻不停
覆地翻天，摧毁一切
古老又年轻的汶川飘然下坠

桥断了，路毁了，隧道堵塞了
间间房舍瘫痪了
村庄乡镇和无数山水相连
撕成一个个孤岛
一道道漂浮灾难的洪流
到处是寂静，到处是喧嚣
到处是绝望
乱象激起空空的茫然
到处是刀锋在走动

抖啊抖如筛子
所有生命在庞大无形震荡中
抖啊抖如栅栏
看不清方向，找不到出路
80 秒，阴阳相隔的 80 秒

生死伤痛 80 秒
地狱人间 80 秒
崩溃的山石埋葬岷山昆仑谷地山峦
周身是坍塌，撞击着心跳和呼吸
死亡在幸存生命的脸上
嗅过去，嗅过来
黑色恐怖和着尘土挤满空气
汶川沉没了……映秀死了

四

熟悉的常态全被打破
宁静空气的下边
同一时代并存的多种表象
在桑田成沧海中
找寻新的秩序，新的归宿

岷山昆仑筋骨所到之处
长溪短流牵连的岷江上游
太阳被浩浩荡荡翻涌的尘土

挤出视线蔚蓝的天空
地狱漆黑，抢占时间和空间
覆盖一切重要与不重要

没有一个不想保持清晰的镇定
在波澜层出的震荡中
山河村庄，草木人群
道路炊烟，梯田桥梁
没有一个不受四面凶险碾压
没有一个不被生生撕扯，活活拉裂
后面的曲线顶翻前面的曲线
后面的滚动淹过前面所有的滚动
又一阵坍塌掩埋刚才的坍塌

五

地层深处无形通天的力量
不知积蓄多少世纪多少轮回
瞬间向上刺破青天的蔚蓝
雨滴，从昏黑的缝隙倾注而下
密不透风，箭镞一样飞射
在这个下午空前混乱的时刻
所有方向拧作一团
所有时间漆黑一片
所有距离缩成一点
一切惊悚在高峰之上

沉沦起伏，沉沦起伏
当空的雨和冷就下来了

直插入波涛未平的内心深处
越来越狠，越沉，越猛
黑如毒汁，密密实实
大颗大颗，露出刀锋
剖着，划着，剥开所有伤楚
藏着阴险的罪恶来了
切断视线，抹尽光明
绞杀劫后余生的点点温暖
这势利的雨水，尾随余震
抛弃从前的恩泽和浪漫
凶狠地追打四处奔逃的脚步

从空中落砸下来，这么多雨
唰唰唰唰，哗哗哗哗
或根本无声
一箭箭射进一山山，一沟沟
破碎的伤口
古老大地的震颤和崩垮之上
淹没万物苍生
让幸存的心一个个无底
沉落，沉落

六

笑得多么开心的一朵百合花
以无数百合花为背景
前一朵后一朵左一朵右一朵
窈窕，安心，在阳光下
在岷江大峡谷的悬崖上
传播年年，香香，绿绿的清风
朝也轻柔，晚也美妙

伸出年轻弹性的手臂
干干净净沐浴鸟鸣，烟起雾绕
灵魂打开生命的芳香
陪伴岷江千古的奔走
目光顺着阳光温暖时光
这一刻的寻找，是千年的寻找

暴力在根底猛然爆发
一朵百合花刚想努力站稳
竟被隆隆的，重重的
飞奔而下的一群乱石
从她和这么多姐妹兄弟的身上
碾过去，碾过去
连最熟悉亲爱的天空都没来得及
看上一眼，我的百合花身断骨碎
被滚石锋利的脚步埋葬了

被我无尽的痛楚埋葬了
被必然应对的诗句——替代了
春天穿白裙子唱歌的百合花
被从不相干的世界替代了
那时，谁都没有顾得上
奉出一眼小小的抗议或者祭奠

七

一片叶子和另一片叶子
还没看见彼此和对方
是否同根同心，是否同情同行
一生转眼消失在黑暗底层
一点幻想的美都没有

这是在正午
阳光和时间最多的正午
一片叶子从自己的内心出发
渐渐接近绿色，接近清香
接近遗传中渐渐清晰的构造和想法
这么多惯性的憧憬照亮内心所有的美
咫尺天涯的隔壁是另一片叶子
刚好接近同宗同龄的遗传
接近蝴蝶花飞的轻盈和妩媚

彼此身边是岷江河谷坦荡的干旱

年年走着阳光宽大的脚步
一片叶子和另一片叶子
从根须第一天的吮吸开始
悄悄踏上一片云雪白的传说
到昆仑岷山尽头沐浴神恩
一片叶子和另一片叶子
把心情播种在时间和阳光的里面
随清风走过森林的浓荫

忽然的强力从根底震颤翻越而来
越过飕飕山风吹拂的山野
岩石躁动，天空塌陷
汹涌的石头碾过叶子的身躯
永远的这一片和另一片
在谁都没有看见彼此和对方之前
一生，顷刻消失在黑暗底层

八

经验告诉我们这种响声和抖动
是地震，地震来了
经验还告诉我们
这种声响和震动会很快过去的
很快，会结束的
在每一个具体的经验主义指引下
我们，更多的我们没有太多慌张

相信巨响中这场疯狂抖动
很快，会消失的
在不同海拔的楼层和地面，山岭和河谷
我们一起承受相同的声响和震动
越来越密，越强越大
穿过钢筋水泥的坚固和阻拦
直插身体和物体的内部
越大越重，越深，越紧
超强的响声和震颤毫不手软，决不停息
完全超出正常的经验和想象
摧毁善良的等待和期盼
10 秒携带 20 秒过去
忠诚的楼房突然张开大口
吞噬眼前物体和生灵
根本不理会我们的生死和渺小

四面山上深深浅浅隐隐约约的羌寨
自由散落沟底江边的羌寨
群山泥土石头草木中走来的羌寨
白石灵光照耀和庇护的羌寨
巍巍羌碉守卫在险峻高地的羌寨
无一处不摇晃抖动起来
轰然坍塌在任意扎根的土地
将一生都没有悠闲的老人
揽入怀中——不愿撒手
包括老人粝手温暖的金色玉米

火塘安居祖宗牌位的神龛
房梁上一串串香润可口的腊肉香肠
通通击落，埋葬在走过无数风雨和心爱的
家园的废墟中，来不及喊出一声，天哪

曾经规规矩矩服帖在地层深处的泥土
被强劲不止的震荡掀得高飞起来
赶走太阳和纯净空气的庇护
乌鸦一样层出不穷，布满天宇
漫漫不断，纷繁笼罩下来
让整个世界掉进无垠的黑洞
渐渐由远而近听得见哭声
喊声，错杂焦急奔走寻亲的脚步声
声声凄迷，浑浊在冥冥绝境

九

400 颗原子弹爆炸的威力
挣脱千年万年亿年
深深死死的束缚
快活在那一瞬间之后
尽情而得意
舞在地层
遁入空中
逃离暗无天日的深埋

变迁轮回的时机已经到来
每一粒先后释放的尘埃
现出本身，组成千千万万亿亿
无以计数的茫茫阵营
漫过岷山昆仑一个个生灵
一片片翠色生机
浪上高空

填充汶川的时间
黑——黢黑——死黑
不见一丝光亮和安全
无论室内还是山谷
尘土占据空间
占领生命的眼睛和呼吸
24 小时过去了
10 天过去了
一个季节过去了
尘土依然沸腾
在生命深深仰望之中
朗朗需要澄明的空谷之上
篡改着一切的表象

十

上午的锄头滑过正午
不离不弃龙山羌寨阿妈的双手

在5月阳光盈盈的玉米地上
迎接希望一样绿绿的嫩苗
一株一株，一行一行
走来，从杂草消失的梯田上

血液一样流淌深谷的岷江
那么真实，那么遥远地唱着歌谣
一百年无影无踪，一千年
不痛不痒，擦肩而过
犹如村边坟头，依次有无，新旧
而此刻，寂静的空气迸溅着火星
敞开胸膛
山寨迈走在新一轮春末夏初

这些流淌的滚烫的汗珠
熟练地穿行在阿妈和她儿子的脸上
身上，寻找着坠入玉米苗的方向
母子的身体没顾得上伸直一回
猛然，千古信赖的土地狂躁暴跳起来
夺走母子手中兴致盎然的锄头
年轻的新苗倒成一片

相依为命的土地反目成仇
撕咬着群山村庄
人类祖先热血和胆识开辟的家园
无一处不凶狠咆哮起来

无一处不日月飞散
母子惊叫声穿过尘土覆盖的时间
任凭天地掉进无边的深渊
没有一丝慈悲送来清洁的呼吸
这么多尘土重重地落进身体的里面
直至雨水跟随尘土，密密复实实
砸进一个夜晚，而那两把忠诚的锄头
静静等待着手的温度和爱的力量
重新回来，重新回到自己心口

十一

说话的人失去了舌头
汶川失去了历史文化名城

古城坪，从西汉元鼎六年
公元前 111 年，距今 2100 年前某一天
正式成为了中央集权的一个边城
新石器时代甚至更早开垦的这片土地
岷江文明灿烂的夜色和黎明
一声声呐喊与草屋柔情传递的姜维城
4000 年前大禹治水的脚步走过的
第一座蜀国老城，继续文明的一个源地
两千年后战国熊熊烈火熄灭，秦国蜀郡
郡守李冰散步喝酒看流水的岷江古城
后来的姜维城，三国姜维依仗西蜀皇权

沿江而上，凭丹心一片修筑的岷江老城
在羌的羊皮鼓声中潮涨潮落的威州城
是太阳与星光眷恋岷山的秘密

公元2006年，姜维城出现在国家眼睛里
再一次成为中央的牵挂和需要
姜维城微笑着，理一理明朝
虬龙一样起伏玉垒山的M形长城
在姜维高高的点将台目光之下
散发火的勇力，酒的效力
鼓的法力，岷江走进万物的魅力
神采飞扬的上午，清风微微
浇灌这一方曾经青春活泛的古地
宝石的光芒渗透整个大西南
直到现在，再次照亮新一代河岳山川

谁知道这是不是时空的一次预谋
把姜维城标志性的长城与高台
岷山昆仑后人仰望老祖的理由和风景
再度轻轻按进岁月里面，土地里面
不准看见神秘遥远如此清晰可考
让更多未来陷入一丛丛荒诞，再荒诞
千张嘴也说不清的岷江文明的一个发祥地
姜维城，伟大的远城，可怜的老城
陡然的消失，使我的语言找不着嘴巴
灵魂找不着停靠的大陆或者岛屿

十二

种子在土地上一站，落地生根
多少个春秋来来去去
总是生长在肌肉和血液的里面
没有一个可能会冲破树表
没有一种变异可能更改命中的遗传
树，就这么长久地站立
在地球之上，宇宙胸膛之中
一任根底的触须消化土壤与岩石

信仰和血肉浸透的这一方土地
都在描述生命的长度和韧性
一切都在路边，眼光之外，站立
站立，根深蒂固循环于自己的世界
不向天空伸展更多一寸的可能
不，从不，树只是这么自我地站着
箍桶的青藤一样静静
死死地站在自己的气息之中
从没有飞瀑断崖凌空的想法
朝下，让生命代替引力
或者朝内，刺破宿命的表象
那层空无一物的表象
仿佛温暖的脖子上渐渐收缩的绞索
一片叶子落下，一丫树枝迎风上升
千年的下方是土壤的怀抱

一言不发张开腐朽，在等候

十三

诗人的眼睛一下就空了

仿佛再也回不到上午的清澈，正午的充盈
恐惧和悲伤挤满无辜的期待
任何一个飞土、片石、一次小小的地动
都可以是混沌中草木和人的一个宿命
可以是这个世界的戛然终结，现在
苍天都相信大地要收回汶川这片家园
西蜀文明起源，成熟远播的沉默的故土

黑黑的风翻卷着岩石之上的尘土
峡谷蒙昧而混沌，经历着所有生死
青枝绿叶下的路桥，水边的梯田
伸手不见岁月的诗人泪水涟涟
被熟悉的死亡狠狠地牵引
纷纷朝着更深的黑暗走去

国家记忆中汶川的宝贝掐指可数
历史长河中的姜维城新石器时代遗址
巍巍然峻拔在布瓦高山的黄土羌碉
居然犹如出现之前一样，一个一个
天旋地转，痉挛而死

一分一秒被历史耸立起来的汶川脊梁
终究被劫取了里面所有的骨头

十四

倒映心情的岷江从远古的天空淌来
没有谁的思想可以超越他的行走
没有谁的意志可以阻止他
一层层揭开岷山昆仑连绵的衣襟
将青春的绿意，大地深处的细腻
带出重重阻隔，铺垫天府之国的底座
暗示成未来的一种高度和藐视

有时想，这江怎么就一定要到岷山之外
去到群山生灵翘首日盼夜想的外面
把众多灵动的呼吸和宽厚的波涛
带给更多宽厚，更多灵性的天空之下
把云蒸雾绕的美景降落在视线之外
继而，轰然埋葬在 21 世纪初
这一场山崩地裂下面，依然忍气缄声
依然默默，咬紧牙关走着，走着

坚决走进峡谷中唯一的心底
秋蛇一样娇小而肯定的模样
让我的青春战栗阵阵，眯上双眼
不得不像刀尖刺入胸口一般

继续深深爱着岷江的全部
从现在一直到开始诞生的那一天
内心依旧复活灵魂深处的壮阔
山色中潺潺旋律，莺飞鱼跃

明显感受到了齐山高的眼眶寂然滚烫
溢落三千瀑流，冲刷荒山的脊梁
在这样一个重要的年代，特别的月份
一只小鸟怀藏巢穴中的梦想
刚刚飞过正午太阳暖暖的琴弦
居然，一粒水都不曾遇见，幻想
一头栽进秃顶的树下，死了

啊，岷江，我的血浆，正在拉长孱弱的身影
从古至今的操守，守得住这最后的坚强
这步履悠长的滚滚潜行，暗走
我不知道何时才是一个圆满尽头，何时
才能连接阳光下的歌声，抒情欢畅
我不知道何时才能奔涌渴望，浩浩茫茫
圆满这最后的盛典，完成涅槃
或者空掉，干脆从来没有创造文明

第二乐章　孤岛孤岛

一

比先前任何时候都更加重要了
能够看见彼此是多么幸福的一件事情
一个具体的亲人，一个实在的同志
平时缺乏深识的本地人
一个陌生但是好好活着的人
无论穿长衫，还是着短装，此刻
只要触摸到对方的容颜，目光和气息
只要在身边，在已经安全的地点
在已经失去外界的一个个孤岛之中
只要彼此都能够真实，鲜明地在一起

受伤的心，摇荡的心，无助或者坚强的心
都曾在同样惊恐的外表下被灾难俘虏
关押，被限定，压制，打击
被恐吓，轻轻的水草一样被荡来荡去
层层围困，以不可思议的强势完全封锁
挪不了点点自由，甚至喘不过气来

苍天啊，每一个家庭都在用心祈祷
每一个东拼西凑的临时窝棚
每一个自动组合的团队
都在簇拥一种坚决的活着，牢牢地
把坚持和坚定攥在手中，谁也不敢放弃
谁都心里明白，活着，幸运地活着
听见或看见就是最好的回家
每一个劫后余生都充满了真实
每一天日出都安慰着新生，自救和延续

二

你躺在大禹深情的怀抱中了
你的声音依然回响在我的心中
那么阳光，激越，迸发出全部的热忱
灵性的古大陆上的石刻，就在那天
浮现在扑鼻的泥土的乳香之中
深入我的生命必经的路口
蓝色祝福的白云的旁边，汶川
石纽山刳儿坪上数千年寂静的等待中
失散未来的我进入到了回归的必然
禹和禹族长久的暗示与轮回之中

静静地，你躺在大地的怀抱中了
山高水长的性情依然清洁着我的内心

新生的诗歌正在复活你的意义
你的全部理想和责任，那么自然，窈然
亲手，把4000年前的神话递到我的手上
递进一本图文并茂的国家图书的心上
让更多人迎来了岷江家园的春天
灿烂在早已荒废的记忆
大禹时代的痕迹早已遍布你的人生
你的呼吸，你的希望啊

而你，竟成了禹迹石刻上最美的那一笔
唯有在地方行政手册才能觅找到你
绵虒镇的一个副手，搜索文化碎片的能手
羌绣和羌碉的看护者，忠诚的宣讲者
纪录片和采访稿的最最结实的桥梁和通道
计划生育和妇女权益保障的栏杆
玉树琼花一样的名字，此刻
已经将我深埋心间的敬仰和疼痛点燃
三炷高香啊，轻轻，轻轻勾勒你
雷厉风行的身影，朗朗乾坤的话语
在周年的坟头，缓缓激荡我的海水
犹如挥手，犹如彻底的祭奠

三

是的，险些全部灭顶的中心就是汶川
岷江峡谷中，这片古老的文明之地

狩猎、躬耕、牧养、开辟、守护的家园
一代代阳光和汗水，青春与梦想滋养之下
一步一步充满坚韧和力量，走进这个时代
头顶亘古蔚蓝的苍天，怀揣崭新的生机

陡然就来了，灾难一个接一个，一浪追一浪
波涛滚滚数万余次的颠覆，汶川的脸色铁青
映秀那块溃烂的渊源，殷殷地流着死亡的血液
13 个乡镇，118 个行政村，无数枝叶上的生活点
都被这巨能的震波，狠狠扫描，轰炸，清除
所有的坚强都手挽着手，即使声嘶力竭
即使泪流满面，骨折的家园已经塌陷

还有什么比自救更能撑举这破碎的天空
大而化之，旗帜纷纷高耸，自觉传递
指挥部，村小组，国道线上的幸存者
伸手救人，组织转移，安抚伤痛
赶快是人性也是党性的第一反应
赶快，没有谁不挺身而上，这是天性
天将亡我，绝不从之，我坚决抗之

四

追寻的声音不知从谁的手
谁的第几代
骄傲而且寂寞的英雄的手中

出发
穿过一层层凋落又仰头重生的村落
徘徊，回首
在仰面号叫与埋头坚持的血液中回荡
回荡
回荡生和死的鲜艳与必然

追寻的声音缥缥缈缈
游魂一般若有若无
在峡谷层层叠叠的沟壑与峰峦的起伏之中
在支撑一个个鲜活生命茁壮的岩层和土壤之上
鹰眼一样锐利而刚性的追寻和需要
微笑着降落到渊源轮回的身体或者心中
少长健硕，男女老弱，都是归宿
出去，出去
复活的声音向着天空碧蓝碧蓝的胸膛
向着年年艰难和困惑连绵的重山的表面和背面
冲出越加进化的遗传的惯性
出去
撞开青春与热血奠基的渴望
冲出封闭，嘣的一声
在生命中绽开遥远的光芒
上走天堂，下通炼狱

五

问题是这里一直都属于不可饶恕的干旱地带
即使暴雨倾注盛夏，稀里哗啦一阵猛奔
处处留下洪水与泥石流践踏的痕迹
当然，还有被冲毁的梯田和被埋葬的山路
一间或者更多间房屋的没顶坍塌
一家或者无数家甚至一个村庄的转眼消失

21 世纪 5 月 12 日的这个下午
一切崩塌，变得无以复加的混乱
赫然恐怖狰狞，土石叠加，气息嚣张
岷山怀抱中，每裂山谷被震荡得混沌而茫然
每一粒刚从云朵出发的雨水，都被掳走
每一片歌声一样的云团，都被转手
仰望苍天，呼喊都带着血腥的冲动

这些干旱已久的山壑和咬紧牙关的草木
我出生之前就具备的古老家园
依照生存的法则和文化的惯性，延续着
我的毫不变更的土地，氛围和气场
遭受到了自然界的提示和特别的打击之后
期待中的云，在酷日锐利的巡回下
还没有完全成形，或者刚刚有些雨水
那些从矮小草木的眼神和岷江潮湿的呼吸中
丝丝缕缕走来的水汽，瞬间，竟然啊

被消化在万物年复一年仰视的祈祷之中

是痛把我从岩石的裂缝中分裂出来
以酒当水，以血为饮的日子就必然了
我看见生命中的青春长出了多余的欲望
本来不该的看见和不该的歌唱
但是，逐渐干朗的内心
还有什么更加淋漓的方式来浇灌
我周身的时间和责任，我看见
自己小小的血肉早已埋葬在更深的乱石之下

六

把多好的江山都丢掉了啊，把被焚烧的
身影和殉葬的记忆都镌刻进了甲骨文的里面
把爱好宁静与和平的天性都融进血液和遗传的里面
把未来儿孙骄傲地驰骋都埋进岁月底层的里面
转身而去，你们不知所终，只留下一朵雪白的传说

终于忍不住，被一场酝酿万代的罕见的劫难
万千生命与村庄的死亡，万千幸存身心的严重创伤
把古老的缥缈的根脉和后裔翻出漆黑的埋藏
鲜活在多文化渐渐可以对话，交流，互惠的时空
并且，散出句句悠远深刻的芳香与豪迈

要是这种略显平缓的机缘再早上一千年，祖的

出现与被发现，岂止是竹笛那管幽怨与沉重
祖啊，要是没有今生切身的经历，惨痛和迷茫无助
数千年的落地生根，含恨搬迁，忍辱内化
水草一样丰茂的，岂止是豪情
辽远深广，摄人心魂的，岂止是高天阔地
甚至包括生命中的血管和胸膛，手臂和眼光

祖啊，您看这些破烂的饮食都是来自这破烂的家园
我们不得不一生又一生地看护和精心调养的家园
除了坚持，还有坚忍，坚硬，坚定
也要约请数千亿万吨的柔情大爱和政权进入
才能进一步柳暗花明，青山绿水
需要数千亿万顷的海水才能滋润数千年的习惯干旱
需要数千亿万代赤胆忠心才能饱满自信从容的力量
祖啊，因为爱您，所以恨您怨您远离您
是您给予了我勇于抒怀的心思，无畏和苦乐
今生今世我仍是怨您，恨您——注定爱您

这是您生生死死不曾料想的，奇迹的心痛美
将来身后，请许我，独自，葬身苦难的当口
让一切未来的苦难美、屈辱美、贫瘠美在我身上
储存、锻造、转化，向正的方向遗传代代
远离，抛弃我万毒在心、决无除解的经历美
让地狱般的噩梦在我诗意中，尽情修正，更改
年复一年永不熄灭，绽放卓越的芳香。我的祖啊

七

早已不见拐角，路面，楼梯那些慌乱奔跑的人影
那些被死亡与恐惧和绝望追杀的呼喊和哭救
早已覆没在厚厚的那些尘土之下
如果不是夹杂在彼时彼情彼境中亡命逃生的经历
后来的，干净的目光，日光，月光和星光
谁也不会这么安静细腻真实耐心清楚地知道
这个世界刚刚发生一场阴阳生死两重天的大灾大难

大灾大难已经远去，新的行走和脚印
一个挨着一个，一个呼着一个，个个紧跟
满怀惊魂未定的心境，狐疑，逡巡着
回到自己生离死别仿佛几个世纪的家中
这些崭新的获得赦免的生命的脚印
深深地，死死地卡住了匍匐在地的尘土的脖子
这些扼杀空气，阳光，生命呼吸的众多杀手
此刻，默无声息，规规矩矩，满脸狡黠
被新生的扫帚和坚决的铁铲，拖车
一一捉拿归案，埋进重建家园的根基
所有脚步在第一个新的时间里
投下第一胎中国山水画一样的新脚印
化作未来生活与创造的桥梁和依据

八

课本开放的天空瞬间破裂了
照耀眼神和心灵的那颗年轻的太阳
用纯金的身体缝合着逐渐加宽的裂口
凭借书本升华到生命的心香、信仰和毅力
将平凡的筋骨锻造成五彩的石头
补救着刚刚缺失的天空

书本对面一张张娇嫩的朝霞
一句句生长出未来天空的希望
红领巾或者闪亮的团徽
轻轻走过，并不放弃
对那一颗高尚的太阳的感激和祝福
是他，也是她，共同的美丽和牺牲
挽留了彩色画笔的手指和歌声的源泉
头顶之上蔚蓝飘云的天空

人生中最最完美温暖的太阳
光一样融进了动荡不安中一块块孤岛
汶川的花草树木的心中都结满了
一串串美德的果实
甘甜着渴望飞翔的眼神和缅怀的泪水

第三乐章　天下救援

一

从历史的纵深处跑步前进
刀枪和生命都蓄满了光明与力量
将五星红旗插进掌心
960 万平方公里盘踞脚底

在汶川伤筋断骨的死亡线上
以鹰搏击长空风雨雷霆的速度和身手
穿行、观察、判断、躲闪、飞跃
跑步前进，将中央精神和国家意志
传递到生死渺茫的震中现场

优秀品质哺育的共和国军人
新的面孔和眼神袒露的英雄气概
橄榄绿生长的万里长城
守卫祖国每一寸尊严和昂首阔步的形象
在荡尽历史的污秽和黑暗之后
在平息洪水和冰雪的无情之后

一手把持蓝天国门
一手扼住 8 级地震的余威
救出汶川一个又一个失魂落魄的人生

二

米—171 直升机永远地飞进了汶川大地的心中
飞进了人类抗震救灾的历史诗篇
飞进了不断仰望的精神与灵魂的高度
没有哪片绿色不晶莹着泪花
没有哪朵浪花不奔涌着忧伤
没有哪缕芬芳不散发着敬仰
找你，想你，盼你，喊你，啊
米—171，天空挽着乌云的黑纱
细雨纷洒山河不尽的悲恸
当终于搜寻出残废的事实的这一刻
大江南北，谁不低下思念的目光
谁不吟唱心中最最圣洁与崇敬的歌谣
米—171 和它全部机组人员 5 人一起
瞬间把坚强汇聚，把希望点燃

在汶川，在中国，在宇宙星空的下面
中华民族第一代神勇爱国的飞行员
邱光华机组，以战天斗地与肝胆相照的豪情
向伟大祖国和人民呈交了一份完美的考卷
爱与牺牲同行的最崇高的品质，邱光华

这个在岷山怀抱中尽显岷江之魂的英雄
这个从历史长河中坚硬走来的羌族的儿子
这个沐浴在党的光辉下闪亮的军人
这个来去自如在人群里坦荡博爱的男人
在祖国和人民和时代最需要的时候
与米—171 的意义和责任和使命
合二为一，向着超低空飞行的禁区
坚决飞入汶川大地震的极端需要
把受伤的血泪和绝望扶持起来，带走
一次两次许多次，清晨黄昏，正午地飞
把国家和民族的关怀和决心交给汶川
交给所有灾区的热切的期盼与信任
把最红最美的一腔激情
播撒在破碎山河的寸寸伤痛和崛起
一切的力量与信念、情操与追求
在那山高谷深，气象诡谲的岷江上游
寻觅着聚合着震不垮的精神和意志

米—171 不知疲倦地飞着
永不言弃地飞着，循着祖国的目光
金子一样放射光芒，火焰一样传递温暖
诺亚方舟一样救助最后的期盼和坚守
米—171 和 5 名紧紧相伴的战士
51 岁特级飞行员邱光华，27 岁副驾驶李月
47 岁空勤机械师王怀远，28 岁空勤机械师陈林
23 岁物资装卸和地面警戒员张鹏

在2008年5月31日14时56分6秒
袭人的芬芳一样，居然抵达花朵的内心

三

我不知道这么多瞬间起来的感激还能坚持多久
就像不知道这么多恩泽从天而降，还要连绵多久
是的，我真的不知道，我只知道我的情感仿佛见底
我的词语仿佛搬空，就像过冬的粮食和蔬菜
号啕之后的眼泪，挥手之后的反复重见
就像打开的胸膛摘掉最后一副心肠
雪山的花朵飘散最后一抹香气
天哪，空前的眩晕让我踉跄而行
独一的身影穿过山水，仿佛羌笛呜咽心美

四

从哪一首诗或哪一阕词出发，拯救或超度
500年过去之后，1000年又过去了
左手和右手，阴山和阳山，白天和黑夜都很累
很累，羌笛这管啊从心血中吹出声调，尽管腔小
却也吹得整个西域苍茫纵横，冰雪千载

连月色都冷得深入骨髓，雷霆才落下来
击碎一切僵死和残忍，暖风从海的胸口吹来
羊角花香走下传说的海拔，看彩虹环山

神牛的脾性挽着犁头走进梯田的深情
村庄攥紧拳头告别遗传，转身，轻装前行
麦浪随身，果园在心，岷江的涛声一层层高涌
所有目光和青春在白石羌碉的祝福与期待中
渐渐入海，蔚蓝，浩然在更多的天下

管乐弦乐这些性情相长的兄弟姐妹，都来了
循着历史的足迹和现实的指向，寸寸呼唤
来吧，穿越岁月波涛也不弃祖恩的羌笛
出来吧，不忘牧羊家园在命中的羌笛
从黑的时间的深处，从废墟，从泪水
从释比鼓古典羌语，从花儿纳吉
从烟熏火烤，从梦寐惊厥，从内化刚强
融入无数的春天和海水，复苏代代相传的理想

五

轰然坍塌的课堂埋葬了照亮课堂的灯光
埋葬了灯光下目光汇流的那方黑板
埋葬了翻书握笔的手，描绘心跳的手
支撑将来天空的手，创造文明的手
埋葬了书本上一潭潭清澈无邪的眼神
埋葬了爸爸妈妈心血凝聚的心肝宝贝
家的希望的延伸，同室血亲的欢笑与幸福
埋葬了一个民族伸向天空的新枝嫩叶

我看见废墟之下被巨力颠覆的这些课堂
血肉模糊，筋骨暴露，生死交错
与周边所有不幸的建筑一样在尘土之下
熄灭着无以逃脱的生命的温度和呼吸
熄灭着呻吟，熄灭着等待
熄灭着渐渐微弱的坚持，我看见
恐怖和绝望淹没了内心不断热爱和歌唱的美

黑色自由而狂欢的尘土漫天而来
驱赶着阳光、蓝天、空气和安全的方向
协同余震，滚石流，滑坡和堰塞湖的围攻
妄想着从地球上彻底抹去映秀这个词语
和词语里面蕴藏的历史遗传与变迁
人类披荆斩棘，战天斗地的气概和行动
妄想在中国，在当代，在岷的山水中
掩盖一切的创造，伤痛和惨不忍睹
妄想将汶川摁进地质的深处

我看见任何一例尘土尚未生动妄想之前
红旗下刚正不阿的课堂尚未轰然倒地之前
一点点伤痛和死亡尚未靠近触及之前
灯光充盈的课堂尚未彻底抹杀之前
我看见从日常的神坛上走来的手臂和大义
荡开了震荡的凶猛和毁灭的阴险
荡开了本能的逃离和自己的安危
荡开了砖石的飞落，水泥墙的迸裂

荡开了四面八方张牙舞爪的钢筋

荡开了自家幸福团聚与新生，直至

庇护了一系列可能幸存的信念、希望

直至将崇高深深递进不断仰视与崇敬之中

第四乐章　无语倾诉

现在我卧进您的掌心深处，悄然不动
您侧身转面向东凝望的千秋动作
毁坏我身体里积蓄万代的钟爱和努力
我受伤了，只想静静地小躺一会儿
独自无语，默默享受您赐予我的存在
就像静静端着这大片破碎的时光
茫然恭候，不知如何走向祖先直指的未来

难道是您倦了吗？默默支撑几千年信念的岷
怎么能够在这样一个举世跨步的时代中
把宿命的利刃刺向当口，怎么能够
放弃永远不倒的根柱，痛彻我的心扉
而我仅仅是众多山水心灵中的一个
即使我真的碎了，我的信仰依然凝聚而升腾

依然想起与山水交融相生的遥远而渺茫的人
岷，是山是民，是民是山
是人托举着山，是山博大了人
是山幻化作人，是人外象成了山

直至隐入山的骨肉的里面，水的动静的里面
文字异体的里面，岷山、岷江、汶山、汶水
怎么就不是民山、民水、文山、文水
怎么就不是人山人水，灵山灵水

我的岷啊，我的灵魂的外态，岷
我的精气神韵的根脉和怀想不休的子宫
玉呢？储存体温和血香的岷山玉呢
心肝一样晶莹在山水怀抱中的我的玉呢
玉旁边的陶呢？陶的前世，陶土呢
为陶土送行，转世，新生的窑呢
一孔多窑或之前的一孔一窑呢
挖窑渐至完美的那些石锛石凿石铲呢
从累累森森岩石中捉出石铲石凿石锛的手呢
包括温婉，发现，敬畏岩石的那双眼睛呢
是雄性还是雌性，是狂野还是柔情的呢

岷，前世注定跨入我今生的岷
白云干净净温润润从南海飘过来了
岷，赐给我生命再赋予我使命的岷
我终于看不见了自己

中部

汶川之歌

像我这样的作者，这样的诗人，生活在重山环绕的岷江上游，被苍茫巍峨的岷山所掩埋和遮蔽，被孕育和期盼，吃尽坚强，锲而不舍，犹如脚下这条万古奔流的岷江一样，终于撕开亿万年的地质封锁和传统习性，在中华大地之上，在辽阔海洋的目光之中，在蔚蓝浩荡的天空之下，流淌着属于自己血性的诗歌。

序 曲

如果这是一条河流，如此凝重地流淌在历史的底层，
那么悠远，而且默默无声，但是一直没有中断过，
即使越来越细，越慢，如血！

如果这是一种真理，深埋在文字之外的荒郊野岭，
但是，千万年来一直没有因此而自绝，腐朽。
如痛！

如果这是一道光芒，从遥远的那一团星云出发，
经过长期的黑暗，穿行而来，
终于抵达诗歌的内心，即使一直被黑暗消磨，
冲刷。如长河之中最后的玉！

第一乐章　遗传渊源

千万年来的这些信号和密码，一直都保存得完好，
只要依附灵魂的身心还在，山河、家园、日月还在。
但是有一点，作为诗人，我不能消失得太多，太久……

羚　羊

临风而立于悬崖峭壁之上。
披霞而视于万丈深渊之上。
带风而跃于可能与事实之间。

最美！

溪涧一绺一绺。鸟鸣一声一声。
悬崖四周环布着森林。深渊四周环布着崇山。

我不知道羚羊的胡须从何而来。

我不知道羚羊的神圣从何而来。
我不知道羚羊通体的金黄或者雪白从何而来。
我不知道羚羊最美的身姿从何而来。

高山冰川边沿的青草探出了头，一棵一棵。
星星点点的新。星罗棋布的嫩。
永生的想象在羚羊的血液里哗哗地流淌。

在母羊唯一的胎盘里哗哗地流淌。
羚羊。现在的羚羊。威严野生的羚羊。

我不知道羚羊心中的歌唱从何而来。
我不知道羚羊奔跑的方向从何而来。
我不知道羚羊在灵光中捕捉的生命路线从何而来。
我不知道羚羊奋力一跃的瞬间从何而来。

迸溅神光，远离最后一脚的峭壁悬崖。
从众多的仰望和不可思议之中。从一个高度，
向另一个高度，毫不间断地跳跃或者漫步。
中间隔着一道又一道岁月的河流，
一段又一段自然的深渊。

肯定。羚羊是下到了最底最黑暗的深渊。
一步一步，完整地跳了下去，踏着众多的危险，
跃上毫无路径和必然存在的又一个山巅。

披霞而视。
临风而立。
雕塑一般。
在悬崖之上。
峭壁之上。
万丈深渊之上。

没有人知道羚羊的速度从何而来。
没有人知道羚羊惊心动魄的跳跃从何而来。攀升或者飞翔从何而来。
没有人知道羚羊的目的从何而来。
羚羊的终极去向从何而来。没有人知道。
羚羊的终极去向从何而去。

羊

终于，大片大片，大群大群，飘忽在辽阔的天空之下，
与祖先的心愿和身影在一起，云朵一样雪白，寂静，
流水一样婉转、清澈。羊穿过野性的生长，
穿过森林和山岗的一块块绿地，自由而自然，抒情，
与祖先的情感和思想在一起，浩浩荡荡，安安心心，此起彼伏，
完成与人的交汇。羌。羊人相生。完成责任和

使命。

告别高居，拉开家园的序幕，这些羊和这些祖先，

成为东方大地上可以永远记忆，追寻和相会的终极家园的主人。

从此不再分别，羊与人，从此不再与天地对抗，生疏和怨怼。

两个时空中走来的两种生灵，羊人合一，走出朝不保夕的生存。

在共同的天地和共同的时间中沐浴同一片天光的启谕和牵引，

这些羊和这些祖先踩着青草的节拍，行走在江河宽广的源头，

作为文明与野蛮分手的开端，族群遗传的一个渊源，一个基因，

行走在未来人群仰视与追思的时空，成为璀璨的艺术和生活的方式。

我，祖先滔滔江河中的一滴，幸运地抒写着幸存的诗篇，

感应着深深而轻轻的呼唤，顺着时间的另一个方向，

逆流而上，进入源头，进入叙事和开篇。然后，

随一代代祖先和一代代羊群的牧和放，顺流而下，

多么温馨，走进顶礼膜拜，神性弥漫的羊图腾的时代。

我的歌唱从第一只受伤的羊，被猎获时受伤的那一

只羊开始。

我的祖先分享着四面吆喝，围追，攻击之后获得的血肉的奖赏，

他们让祖母的果酒和火塘的温度像热血一样穿透他们的激情汹涌，

穿透祖母那片充满诱惑和安宁的土地。穿透内心或者夜的黑暗。

穿透祖先儿女明亮的眼神和一点一点循序渐进的模仿与成长。

恰在此时，第一只因为受伤而暂时被放弃立刻解剖的羊，

因为饥饿，因为天赐灵光，因为最后机缘的彻底到来，

这只注定被歌唱的羊，因为自食其草而成为后来羊群的祖先。

当我的祖先因为需要再次想起这只必将改变他们命运的羊的时候，

这只被赐福的羊，浑身流播灵光，猛然吸引住了祖先的目光，

并且，瞬间撞开祖先头脑中那扇厚重的大门。祖先看见了家园。

之后的一个正午，自然而然，这只母羊献出了自己的第一代子女。

从此，也将未来宽大的生活赐给了我苦苦追寻温饱的祖先。

开始了小心饲养，从三群五群，直至湖水一样

涨满原野。

啊，羊。湖水一样涨满原野。祖先驯养的鲜美的羊。

安居祖先，蓬勃族群的源头。未来儿孙的依靠。

心情一样荡动在原野之上，不再是一群，不再是一处。

从此开始朝霞般绚丽，天空般浩荡的生与活。我的祖先，

感激着天地万物赐予的羊群，自由、吉祥和富足。

开始了骏马之上的放牧，放纵和放歌。顺理成章浪漫了。

所有幸福迎面走来。皮袍。帐篷。饮食。心魂。故事。

鸟儿一样起落和徜徉。在阳光褪去所有着装的时候。

我的祖先在长风与季节的浩荡中，展开了雄鹰的翅膀。

所有山河都恋爱了，因为祖先和祖先的羊群。

所有水面倒映着白鹤的滑翔。云呼吸着草和鲜花的香。

瞭望的心，一下，一下，铿锵而完美。这时候，

所有的准备已经完成，在离天很近的地方，

神灵走出时光，美美地，从祖先宁静的心中走来。

所有祖先纷纷看见神的光芒和一遍遍祝福，四面而来。

最美的羊，白石一样干净的羊，敬献给无处不在的神，
敬献给神的无处不在的庇护和巡视，沐浴羊与人的无穷。
羊，因为人的存在而走向无限的繁衍和期待。
人，因为羊的绵延而获得苍天大地的眷顾。
祖先把羊头和信念放在了自己的心上。
祖先把羊群放在了族群的心上。羌。
羊的一切，从内到外，从生到再生，神光四溢，
鼓声一样激越在祖先心境，羊，走到了生命的极致。
美。因为羊的唯美主义的头角与无邪神秘的眼神，
祖先和祖先最近的几代，终于穿过风雨，不负天命，
成为人类的一支，古老且根深蒂固的一个渊源。

羌。羊人合一的刻画和描写，深深储存在东方的大地，
旗帜一样招展在中华文明的发端。只要愿意看见，
只要愿意想起，驯养了羊的这个种族，也驯养了牛，

羌。更加深刻地抵挡着来自天伦的长短与饥寒。
抵挡着黑夜和蒙昧。我的祖先，是许多祖先的组合。
羌。是许多祖先的组合。许多土地和牛羊的组合。
穿过历史，穿过自足。羌。这个气韵辽阔的种族，
一代接一代向四方铺开，散发着雄浑与苍茫，
以至于挤压着另一个时空的密度，头顶盆水一般，
终于，反遭了比时空密度更密的刀剑和攻击。
羌。我的祖先。宁静且和美如羊的心和情，
终于被刺穿了天光孕育的磅礴之躯，漏了血气，
噗噗噗地漏了自由与和平的天性。散去自足的魂魄。
我的祖先。羌。终于被一座雪山，又一座雪山，
最后的岷山救助。所有羊群和更多的祖先铺满了
　道路。

依然喜欢雪和白，喜欢把最白最壮的大羊敬献给神，
敬献给刚刚消失的和更早的祖先。骨头一样的山河。
越来越瘦的羊。剃头刀一样锋利。出现在躬耕的
　世界。
一条年迈的河流和大地，岷的江与山，收养了这些
　零落的祖先。羌。
听说而已，没有亲见。我。这个唯一的儿孙。唯一
　的歌唱。如此恳切，
任凭这些祖先没日没夜，莫名而固执，敲打着窗棂，
敲打着我的新生诗歌的心灵，雪花一样白，
白石一样白。

姑 娘

第一次，勇敢地转过身，把娇小的背脊交给了家的正面，
燃起激烈的目光，泅渡似的不顾一切，寻找着我的眼睛。
我就在旁边，离她不到三丈远的骏马背上。
是我的歌声拉住了她进入到故事的高潮或者开端。
迅速地，她把她和她的父母分开，逃命似的，向我奔来。
在我晚霞一样的歌声中，轻风般飘逸的目光中，
她泪流满面，经过我的牵引，回到我的马背，我的奔驰之中。

第一次背叛了她的家庭，她与我和我的骏马跑进了新的画面。
在所有鲜花和云朵，所有青草和流水的尽头，我和她，
跑进了九曲黄河第一湾的雪白的帐篷，所有辽阔环绕的帐篷，
第一次，她把时间和草原拒绝在帐篷的外面，
让内心的波涛猛烈地撞击着我的胸口。
默默地，允许着一块绝美的岷山玉悬挂在帐篷的门口，
像一面旗帜炫耀在星空的对面，所有夏天的里面。
我的姑娘。

以一个祖先的方式，出现在这个黄昏的这个夜晚。
这是三千年前，同一片天空下的另一块土地上，
尖刀镌刻的符号在大块兽骨的表面，瞄准了我的
　帐篷。
帐篷之后，是她的家的帐篷，是我的家的帐篷。
我们所有牧羊人的帐篷。
帐篷四面云朵一样停泊渡口的羊群和反刍的牛群。
星点一样放射光芒的骏马和脚下的土地。
天鹅。昆仑山。青海。奶香温暖的孩子和所有牧鞭。

啊，姑娘，你让我的胸膛长出了另外一种深刻的痛。
当朝阳在大地上倾倒牛奶和云雾的时候，
当所有的光芒滚烫每一片草场的时候，
当我们的童年被身边更多的童年代替的时候，
一次次随时牵挂和莫名想念之后，
所有花香、水香和天香、心香一起交给你的时候，
你的父母的帐篷在牧犬声中渐渐沉沦的时候，
火塘边那碗奶水和羊肉入肚之后，
我的眼睛被你的嘴唇点燃之后，
在微笑和安稳中，你走进梦乡采摘春天的时候，
轻轻地，新的霞光让你离开了我的羊皮袄的温柔和
　挽留，
啊，姑娘，你的幸福和奶香让我感受到了思念的痛。

那个遥远的清晨你走进温泉独自沐浴的时候，

是神灵指引我的骏马把我带到你的身边，
清凉的天空倒映着你奶皮一样光滑柔和的身段，
鸟鸣声中我被击落马鞍。
就这样，你走进我云雾缭绕的心思和沸腾的目光。
犹如仙女自由自在，你无视我在身旁的沐浴。
所有的温暖流过你花朵一样开放的清晨。
我就是那道推开山峦徐徐灿烂的霞光。
你和我，我和你，沐浴在相互的看见之中。
把完美的心跳交给了温泉的温柔与神秘的洗礼。

突然的喊杀和青铜弓箭的飞窜让我回到骏马背上的反击。
我们的帐篷瞬间被滚滚的尘烟和血腥的杀戮埋葬了。
我的姑娘。最后一刻，我倒在了我们曾经相依的河岸边，
倒在了一群猛兽般汹涌狂乱的人流潮水之中。
没来得及把你的父母的帐篷，我的父母的帐篷，
所有牧羊人的帐篷和旁边的牛羊，孩子，转移到厮杀的外面，
我就因为骏马的速度和挥舞的牧鞭的折断而飘落了。
飘落在我的歌声接走你的那一个瞬间。
所有的大陆翻江倒海。所有的天空无踪无影。
美好的回忆和想象全部埋在了时间的深处。
我看不见了你啊，我的姑娘！
你看不见了我，我的好姑娘！

是他们，毫无面容的他们把我带进了甲骨文的里面，
带进了牛羊一起殉葬的墓穴的潮湿和阴暗的里面，
带进了 3 头牛，5 只羊换走我的自由的里面，
青铜大鼎沸腾的烧灼和炖煮的里面。
我这个让你成为女人的男人，终于忘记了起伏的
　山岗，
忘记了你 13 岁，独自悄悄走出你的父母的家，
融入我从清晨或者黄昏奔驰而歌的豪气。
姑娘。我的祖先的好姑娘。
我是我祖先的一次回来。我是我祖先的一次活着。
我是我祖先的一次歌唱。现在，彻底想你了。
我的姑娘。

羊毛线

一根一根的羊毛线，从我的心中捻现了出来。

我坐在母亲的旁边，多年以后，当母亲不在的时候，
我依然捻着这些白色的、黑色的、金色的羊毛线，
一根一根，从一大堆一大堆的羊毛中，细细地捻现
　出来，
像我努力表达给这个世界的意思一样，一句一句，
从空无一物的胸膛之中流放出来。
这个时候，母亲就在我的身边，温暖着我。
母亲没有离开过我，没有离开过那片遥远的时间和
　家园。

母亲是祖先的母亲，咀嚼过巍巍雪山的雪花和雪莲花。
那个时候，我是母亲最好的儿子，在昆仑山下，青海水边，
偎依在母亲身边，我像她最乖的女儿，妈妈深爱着我。
她知道，总有一天，我会像她男人一样，在啃完牛排，
喝过羊奶之后，离开火塘，英雄一样跨出帐房，
扬起牧鞭，与呼啸的骏马一起，奔驰在她辽阔的思念之中。

我深爱我的母亲。我总是记得，草场很绿的那些正午，
牧犬慵懒地躺在帐外，或静静地站立，瞭望，或兴奋地跑着，
母亲在给我灌饱了羊奶之后，默默地坐在牛毛帐篷的边上，
伴随天鹅，丹顶鹤在红柳的水边散步，或者轻轻地起落。
母亲坐在一大堆一大堆柔和的羊毛边，捻着羊毛线。
这些白色的，黑色的，或是金色的羊毛线，总是那么听话，
一根一根走出短小，走出杂乱无章的堆放，眨着眼睛，

经过母亲的手指，唇和唾液，一根一根，长长悠悠地出来，
像母亲亲昵地看着我，流水一样轻轻缓缓地歌唱。

这是注定在未来某个确切的时间和地点，捻现出来的记忆。
犹如我的书写，我的抒情，努力拉住生命的憧憬和眷恋的想象。
我坐在母亲的身旁，毫不在意地听着母亲缓缓悠悠的歌唱。
羊毛的腥，羊毛的臊，羊毛的柔软，都进入了我的手指。
我深爱着母亲。母亲就坐在正午的阳光下，帐篷外面的草地上。
一根有了一端的羊毛线，开始了母亲心思一样的长和无际。
我看不见羊毛堆的乱。看不到羊毛堆的重。看不出母亲的累。
多么温顺的羊毛线，多么诱人的羊毛堆。
我在羊毛堆中找到了自己透不过气来的咯咯咯的笑。
七彩的阳光钻进来，游戏一样，找到我的眼睛。
暖暖的、红红的，那么多的光环经过我的小小的手指，
现出火塘中牛屎羊屎燃烧的红。血红。鲜红。
暖红。像未来的我在孩提时代喜欢的绸的柔软的红。
没有颜色的羊毛堆，就在这时候，涨满了太阳光

的红。
妈妈的歌声远远地裹进了阳光。我回到了母亲身体的里面。

一根一根，羊毛线离开了妈妈瘦瘦干干的毛线杆，
带着歌声和阳光、鸟影和水波，离开了正午的母亲，
离开了我的心，裹成了一个一个硕大的团，
挤在帐篷的羊皮袋里，等待着母亲宽幅的牵连和交织，
织成一匹一匹雪白的、神秘的、金色的氆氇，
经过帐篷的需要，铺在地上，裹在脚上，穿在身上，
安静地伏在羊皮袍子的里面，与皮肤说话。
我不喜欢这种说话的方式。我喜欢皮毛不分的袍子。
喜欢羊皮柔软地阻挡着浩大的风雪和无穷的黑夜。
里层的羊毛紧贴身体，细细吮吸我吃喝时发出的滚烫的汗。

即便后来我翻飞在时间的上面，羊群和草场的上面，
心爱的姑娘的身体上面，我总是喜欢停留在母亲的身边，
喜欢停留在正午的羊毛堆的旁边或者里面，
停留在一根一根羊毛线从无到有的整个过程中。
我需要停留在这样一些羊毛线的里面。
从此以后，随着时间一把一把，一片一片地消融和推近，
我努力地停留在未来的一个上午，一首诗歌的里面。

从此以后，我要好好地想起母亲，想起我祖先的母亲，

好好地捻出心中的羊毛线。我的生命真是一堆凌乱的羊毛。

草　场

雾起来了。从诗歌的尽头，从天空对面的那片草地。

我坐在祖先的牛毛帐篷内喝着才挤出来的羊奶。

几乎是一种嗜好。我喜欢羊奶，胜过牛奶、马奶和狼奶，

沱沱河边的矮子喜欢狼奶。我不喜欢。

被母狼咬伤的矮子拖着残腿，坐在金色晚霞的河边对我说。

他喜欢狼奶，是从他爸爸狼眼一样的厉喝声中开始的。

其实，矮子喜欢牛奶。

矮子妈妈的手尚未离开母牛胯下那副滚大红白的奶头，

先前没有瘸腿的矮子早就守候在奶桶的旁边了。

他要喝第一碗散着母牛体温的奶。这是他的嗜好。

虽然我喜欢，但是，我不能。

我祖先放牧的那么辽阔的羊群的奶水，我不喝，

谁喝?

矮子说，放牛和放羊是我们一辈子的事情。

他聪明。我喜欢他的聪明。

从他的聪明，我可以看到我自己需要的聪明和快乐。

他比我大。是我的远房亲戚。另一群雪山遮没的草场上的亲戚。

欢腾的草原盛会把我们分离的陌生变成了牵挂。

缩短了流水源头的另一片神秘和现实。

矮子的传奇。矮子带着长风的叙述和回忆。

我以我的小和倾听，得到了矮子的奖赏。

矮子的生命像他递过来的雪莲花，勾引着我的好奇心。

我的眼睛领着我的身体，走进了草场背后的战场。

牛背一样环绕在草原四周的群山崖口上，全是，

时间一样射出莹莹绿光的狼。

恐惧深入羊群和牛群心里的狼的如剑的嗥叫。

是矮子把我带到了祖祖辈辈崇高的无畏和牺牲。

甘心成为惊心动魄。祖祖辈辈家园乐土中的一个部分。

坐在帐内，心思随羊奶的入肚，雾一样浓浓地起来了。

我几乎感觉不到牛屎羊屎火塘的温度。

我把自己放牧得很是遥远。

骏马奔跑的一个清晨或者夜晚。

我的远行的父亲，装满了对我这个儿子的爱回来了。

散发着黑河水的宁静和青海湖的天鹅的白。

父亲的回来，多少满足了矮子给我的之外的一些需要。

我不能只是矮子的好兄弟。

我是儿子，我应该从父亲喜欢喝的马奶那里学会习惯和模仿。

但是，我的心里始终拒绝着大雾中的这种模仿。

我喜欢更加柔软的羊奶。更加细腻的羊奶。

妈妈粗糙指纹上挤出来的羊奶。懂我心思的羊奶。

从这么多嫩枝嫩叶的绿色中分泌出来的羊奶。

我看见羊吃的草，比谁吃的都细。都密。而且嫩。

父亲是父亲。我是我。我父亲总是不说话。

父亲喝着马奶，像牛毛帐篷，拒绝着外面遥远的草场。

我喜欢遥远的草场。左一抹江流，右一丛山丘，前一片白云，

后一方悠远的草场。脚步比骏马更加热爱的草场。

矮子漂亮的妹妹唱歌给我听的牧场。与矮子的草场不一样的草场。

我的草场。

一阵阵风。一道道光。迎面劈来。在我躲闪不及的时候。

父亲越走越远。矮子越走越远。母亲和牛羊。帐房。一个都不见了。

包括养育他们的宽广的山河，他们的爱好，他们的故事和炊烟。

空空的蓝天对面。现在。只剩下我了。到处都是光。到处都是风。

只剩下矮子的妹妹种植在我心中的无边的爱情陪伴着我了。

我的草场。身体里面无法吹掉的草场。草场。

幽 灵

千年前草原的栅栏内骚动不已。羊群看见了主人祖先的幽灵。

从空中。从沾满露珠的草叶上。从主人的帐房走来的幽灵。

不停在驱赶着羊群走出栅栏，走出夜晚，走出这片熟悉的原野。

无法打开栅栏，羊群用力惊恐地挤集在一起。

向左，向右，向前，向后，像一碗极不安定的水浪涌向边沿。

遥远的星空闪烁一颗颗的神秘。很静的夜。很深的夜。

无法天亮的夜，丝绸一样裹着潮湿的牧场。

主人祖先的幽灵从过去无数代羊群的眼中消失之后，第一次回来。

第一次回到帐房，告诉熟睡中的子嗣：我是多么深地爱着你们！

多么远地爱着你们！太残酷了，但是，我不得不告诉你们。

这里即将旋起一场飓风。一场短暂的飓风。一场永远的丢失。

被草原和月光哺育的，被阳光和雪山沐浴的子嗣们啊！

这里即将走完最美的回忆，像我一样走得无影无踪，杳无音信。

睡吧！呼吸匀净地睡吧！自由舒展地睡吧！美美地睡吧！

没有暴风雪，没有飓风的梦境是牛奶味道的梦境。羊肉温度的梦境。

每一代的我们都忠于眷恋、讴歌、经历、感动的梦境！孩子们。

这里即将被突然一场风雪所覆盖、冰冻、埋葬。我们将看不见自己。

我们将离开自己。醒醒吧，孩子们，我的未来的孩子们。

这里是祖先用火光和身体温暖的家园。我们即将离开的家园！

爱的深度。痛的深度。像一片干净的月光照亮子嗣的梦境。

空气一样经过子嗣的梦境。痛之深刻。爱之深刻。

我将如何告诉子嗣们这种即将的命运。即将的骨肉分离。

心碎遍野。血染故土。流离失所。远离自由与和平的昨天。

爱得深远。痛得深邃。犹如这次灵光一现的回来。回来。

我是众多祖先中的一个。不得不回来。从过去回到过去的未来。

现在。今晚的月光下。多么熟悉的狗吠让我想起原野的美。

多么纯的狗吠。守护夜晚，忠心的狗吠。我的狗吠。

唯有狗吠看见了我。唯有巨大的骚动看见了我。

我的不安。我的急切。我的爱。我的痛。我的无语解释。

我的驱赶。吆喝。抽打。莫名其妙。粗暴凶狠。

唯有羊群看见了我。看见了栅栏的局限。我的局限。

在我若有若无的幽灵中，羊群看见了自己的局限。

但是，也许，我从未来回来。没有一丝的预兆和期盼。

从未来子嗣的梦境或者现实的赤诚泪光中第一次安心地回来。

从不得不迁徙和撤退到的崭新的大地上回来。

从21世纪巨大灾难的獠牙和魔掌的幸免中回来。

我需要回来。我想要回来。我必须回来。我一定回来。

我是众多子嗣中的一个。我回来。血脉回来。漂泊天涯地回来。

这是千年守护、千年传递、千年呼唤的一种惯性。

千年前高原的栅栏内兴奋不已。羊群看见了主人子嗣的幽灵。

我的幽灵。被漫天风暴一次次撕裂又聚合的幽灵。

被河水和时间不断冲刷在时空中的幽灵。

祖先的羊群像一群群奔跑的海浪。

更像一群群雪白雪白的莲花一样的云。祖先的云。

羌与戈

两颗星体。羌与戈。相遇了。这是一段历史。

真是一段历史吗？我行走在汶川的大地之上，

听得龙溪、绵虒、萝卜寨的释比心中敲出来的鼓声，

咚咚咚，咚咚咚，咚咚咚，羌与戈真的就相遇了。

独立运行的两颗星体相撞了。天神都看见了。

天神都助战了。因为戈盗神牛。因为戈不敬神。

戈的慢和戈的厚，早在羌来之前就成形了。

在岷的江与山的心境中，戈没有神。戈只有自己。

戈的亏和戈的败，是羌来之后就注定了的。

羌从另一个自由宽大的高空，被另外的天体击飞。

羌的快速和锋利是被撞击的力量和自身质量决定了的。

在岷的江与山的心境中，羌看见了自己的未来
　　和希望。
羌这颗飞来的星，海绵一样吸走了戈这颗土著
　　的星。

咚咚咚，咚咚咚，咚咚咚，岷的江与山开始了
　　新的心跳。
戈的祖先随着最后一代戈的被动而进入羌的释
　　比叙事。
戈成了羌这颗星体的传说。神的惩罚的对象。
戈的时间停止在神羌合力的心愿之中，永不转动。
漫山遍野的草木，溪流和烟岚，和奔跑的，爬
　　行的，
飞行的生灵，与远道而来的羊一起，在阳光和
　　星光下，
装点着羌的灵魂和身体，汗水和歌声，洞房和
　　躬耕。
装点着释比的记忆和他永不停息的羊皮鼓声。

咚咚咚，咚咚咚，咚咚咚，层层梯田翻山越岭
　　而来，
追赶着释比三堂经之完美，白石灵光之灿烂
　　祝福！
两颗星。羌和戈。化成共同的一颗星：羌。
向着岷的江与山的方向，进入天空。进入大地。
进入大江。进入大海。进入第一首崭新的诗篇。

神　鼓

咚咚咚，咚咚咚，咚咚咚，咚咚咚，
心脏一样跳动的鼓声响彻天地的胸膛。
咂酒一样芬芳的鼓声陶醉了村庄的步履。
生死一样起落的鼓声穿透了心灵的大地。
烈火一样燃烧的鼓声温暖了孤独的人生。
泪水一样奔流的鼓声拯救了祖先的后裔。
星辰一样闪烁的鼓声永恒了古羌的生命。

咚咚咚，咚咚咚，咚咚咚，咚咚咚，
默然挺拔的羌碉听过，四面群山听过，
这来自上天的问候和深刻的牵挂。
火塘听过，神龛听过，白石神灵听过。
岷的江和山喂养着怀抱中的村庄。羌。
朗朗的，一个民族红红的血液在奔流。

咚咚咚，咚咚咚，咚咚咚，咚咚咚，
迁徙的灵魂吟诵过，层层的梯田沐浴过，
神山倾听过，祭祀塔享用过。
每一段的节奏起起落落，有强有弱，
有生有死，抑或就是呼吸的暗合。
人是鼓声的一种延续。羌。
人是鼓声的一种气息。羌。
人成了鼓声，漫过森林，飞上云天。羌。

羌笛

从一首诗或者一阕词，走进中国文字的世界。
羌管幽幽霜满地，人不寐，将军白发征夫泪。
羌笛何须怨杨柳，春风不度玉门关。
从盛唐的王之涣开始，经过北宋的范仲淹，羌笛，
被中国文字朗诵，被中国文字想象。

一直流传到千年以后的现在。在岷的江和山之中，
我被千层的风浪翻卷辱没之后，幸运地活着，
羌笛看见我的同时，我看见了思慕她千年的模样。
那么娇小的身材，被羌人粗大的双手十指轻轻地簇拥，
筷子似的并排在一起的双管双簧，六孔七音，
唢呐一般向前直吹，妙就妙在选材的精当，
众山之中分别寻觅的双管，分别修饰的双簧，
一样的体量、色泽、腔调，一样的相容，
释放出大地的沉重和夜的刺骨。

更妙的在于世间独一的吹奏，居然，十分恰当啊，
承载着一个民族内化隐忍的全部性情和人格的力量。
情不自禁，叫我泪雨横飞，让我生不如死。
这吹。这音。这调。这曲。这吞刀自尽的绝地重生。
我的探寻，在历史的文脉中找到答案。

那么磅礴自由的一个民族，羌，在历史的开端，
甲骨文之前，羊群、牛群蔓延在驯化的青丛之中，

宽大的帐篷白云一样停泊在黄河的两岸，青海的
湖边，
猛地，数千年后汶川大地震一样的乌云扣罩了下来，
所有的安宁和幸福的歌唱，数千年后玻璃一样，碎了，
毫无防备的心被铺天盖地的刀剑照耀，深入，流连，
缝隙间幸存的人影深埋在尸首的下面，忍气吞声，
不敢伸出波光清澈的双手，受着一层一层白雪的覆盖。

终于等来春天的草芽。剩下的族群开始奔逃，
逃出祖先开辟的祥和宁静的家园，逃出与羊共生的
命运，
咚的一声，石头一样，或者根本无声，落在另一个
时空。
天香散尽的岷的江和山，接纳了这些神色慌张的羌。
等待千万年的油竹，经过鹰笛的递接，完成命运的
转折。
让羌这个民族抒怀的老人尽情地吹。一口不息地吹。
吹。吹。吹。吹。吹。一边把深深吸进去的气，
囤在口腔之中，腮帮之中，胸膛的肺部之中。
双唇紧闭，双鼻洞开，双眼鼓睁，
细细匀匀地，让这气流狠狠地穿过双簧双管，
在两手的无名指，中指和食指的调和之下，
犹如奔腾出山的岷江，被都江堰教化。羌笛，
演绎出黑雨纷飞的曲调，纷洒生命失落的悲怆。

仿佛来自地下深层的高压。幽暗。沉重。冰冷。

把世上最彻底的绝望都吹放出来。羌笛。
因为你，谁还会留恋这笛音之下嶙峋的土地?
谁还愿意留守这片笛音深锁的凄凉的土地?
因为你，我呼吸急促，内心划过慌乱的星辰。
不敢歌唱你这千古的谜语。黑色的咏叹!
羌笛。人类情感倾诉的另类巅峰。

石　头

从岩石中走来。没有纪律。温度。没有使命。
没有尊严。思想和灵魂。没有品质。
没有更多的可能和价值。
有的也许就是撞击，伤害，毁灭和覆盖。
阻止生命行走和幻想。
直至人的出现。
人的眼光，弱小和需要的出现。
被楔入新的可能和意义。
石头才找到语言。找到自己!

被粗糙的大手第一次握着开始，石头结束了无知。
跨进了人的世界。
石头，很少的石头就此背叛自己的命运。
开始了崭新而奇异的历程。
被携带，被温暖，被保存，被想象地改变。
结束了野性。冷漠。
结束了自然的格局和物理的困扰。

终于与人的家园，人的信仰在一起。
与人的时间，人的智慧和艺术在一起。
石头终于与灵魂和心跳在一起！

结束了孤独，等待，甚至修炼。
首先熟悉了人的温度和被携带的宠爱。
歌唱着走进兽皮与骨肉分离的快慰和美感。
与木棍一样，延伸成了人的一个部分。
成了人走进大自然的一种保障。石头很硬。
因此看见自己与人的不可分离。石头很乖。
学会了在人心目中的打扮，变化和想象。
博得更多手、眼睛，内心的喜爱、赞美和依恋。
挺身一变，成了石锛。石凿。石刀。石斧。

魅力依然深藏石头里面，直到拿出火。
拿出玉。佩。心跳。威仪。权杖和法度。
与更多欲望和胆量一起走下山洞，走向原野。
走向茅屋。矮墙。高墙。随处塌陷的路。
走向泥土和种子坠落的方向。
代表天地最高的指标和心情，石头走进了村庄。

现在，我看见那么多石头从故乡走来。从岷江上游
　走来。
在激情和灾难相继耗尽之后，再一次充满人性地
　走来。
它们渺茫的眼神四处打听我的现在。我的内心。羌。

我知道它们失落的未来需要庇护。走过的足迹需要
　记忆。
需要证实和继续。石头是伟大的。石头是永恒的。
我也看见更多的石头从复活岛，从埃及，从马丘比
　丘走来。
它们遥远的眼神眺望着更加遥远的星空。

砌　墙

砌墙的动作源于砌墙的想法。

在至今无法确切的一个地点，一个时辰，一个环境，
人对于石头，石头与石头天然堆叠的观察之后，
砌墙这个动作，以模仿的需要，
让一堵墙，拒绝着洞穴外面的危险与不可预知。
拒绝着风和寒冷。
保证着洞穴之内的眼睛和身体，和拥挤的安全。
从山脚下的狩猎开始，砌墙这个动作被固定下来。

因为需要，因为风力的穿透和低温尖锐的袭击，
砌墙从简单的堆叠走向弥补，填塞和充实，
拒绝着更大寒流和狂乱的声响，包括光线的进入。
一双手渐渐磨掉、退却和消灭了一根根毛发，
散发出需要的温度和亮度。从此成为崭新的手。
沾满思维的手。告别动物爬行的手。

也就是这双手，在清洗果子和受伤的血污时，
接受了淤泥对于石缝的缝补和连接的暗示，
才把自然界与水相关的经验搬迁，
实用，揣摩到了墙体的里面。
完成了水与泥沙，与石块的联盟和合作，
以不可遗忘的方式储存在群落的里面，
血液和遗传需要的里面，被规范固定下来，
与山脉、河流、森林、河畔、空地，
与鸟，与熊和野牛，共同出现在声音的里面，
太阳光芒和云雾的里面。出现在历史的记忆之中。

出现在从来不可想象的悬崖峭壁之上。我的村庄。
一代代祖先的摸索和实践，乃至轰然坍塌的埋葬之后，
砌墙的手艺和智慧，沿着遮盖的树枝和草叶的行动，
形成最最原初的，遮风挡雨的家和居所，
被无数次实用，受益之后确定下来，
成为众多文明的一个部分。
成为狩猎之后游牧，游牧之后耕种的一个内容，
被真正丰富在山水之间，天地之间，
与人的身心永不分离！
与岷的江与山永不分离。与多年以后的诗歌不可分离。
与必然的推广和更多修饰，更多欲望不可分离。

砌墙成了普通而纯粹的一种行为。

与行走、争斗、死亡和新生一样，
砌墙成了一种艺术。
出现在日月与汗水辉映的每一个黄昏或者清晨。
或以更多的凋零和残废出现在被遗忘的角落，
猛兽一样撞击着我的情感，
我的想象和责任。挑逗着我的文字和可能。
并且，以羌这样的方式流出隐藏，
流出数千年沉默的光辉。温暖我的时间，
直至来到一无所有的纸张之上，流出崭新的含义，
流出主张和修辞，建设和固定。向着时间前行的方向，
我留下祖先的智慧和心跳，包括砌墙的第一双手，
第一个动作，第一次想法。第一堵墙的作用和价值。
我留下我的家园。我的村庄。我的选择。暗示。
羌寨。羌碉。梯田层层的奇妙和波澜壮阔。
羌的历史和变迁。一切的现在和刚刚的过去，
都源于这个古老的，连续不断的，美到极致的，永恒的砌墙。

终于在这个时代，这个地点，这个机缘里，
以中国语言文字的方式，出现在这样的墙体之中。

入海岷江

入海的岷江经过长江，经过时间的延续，
经过星光一般的行走与无穷的坚持和开拓。

岷江入海是地质的本能，也是水的本能。
岷江是海的一种源头，海的一种分布。
海从属于千姿百态，包罗万象的流。
岷江流是大海四周众多流的一种，
穿插在长江途中的一个真实流，
常常因为麻烦而不需要分开尊重的流。

犹如上游两岸很陡很宽的梯田喂养的族。
羌。一个从羊的命运中突然转折的族。
一边挥动小小的牧鞭，一边握紧犁头的把。
在波澜壮阔的群山、云朵和鸟鸣的旁边，
一个千年过去了，压过又一个千年的沉默。
这些以羌为名的人翻晒着种子的质感和色泽。
让一双双习惯悠扬的眼睛习惯梯田上生长的节奏。
骑马的脚习惯麻绳一样粗糙的路。胃习惯五谷，
终于忘记最早的牛奶和羊肉的力度与香醇。
记忆走出祖先的视线，走进流水轰鸣的峡谷。

岷江流是广大沉默流中的一个流。
把丰腴的想象和期待，一个一个卷走。
恩泽天府之国的人类。岷江流。
被都江堰的枷锁牢牢套住的文明而野蛮的流。
奉送三星堆神秘天象，播撒青铜与玉器。
经过大高原、大盆地而不舍昼夜的坚决的流。
大地之上，太平洋对面，从古到今的流。

入海流。岷江意义和本质归宗的流。
从我的心口我的命中经过的流。

故乡的泉水，一汪一汪地积蓄和牵连、汇聚，
绕过歌唱的桃坪、古城坪、绵虒和营盘山。
汩汩汩地流过耕牛的嘴唇和父亲洗脚的手指。
这是核桃树、苹果树、水蜜桃树下的溪流。
从黑虎、赤不苏、雁门沟、七盘沟、西羌沟，
汩汩汩地流过石楼的磨坊与羌碉的掠影。
牵手众多兄弟姐妹，牵手涓涓细流，
成为凤凰展翅、蛟龙翻飞的乐土。

岷江入海流。无生无灭的宇宙流。
岷山养育，期待从天归来的岷江流。
总体流。主动流。源地流。
劈开龙门山脉的伟大的流。
生长大禹的生死流。
把握自己状态，根深蒂固的真实流。
穿越无数麻痹，不被遮盖深埋的种族流。
穿云破雾，不受水库沟渠诱惑挽留的大气流。
永远流。不停流。浩浩荡荡入海流。

供　奉

供奉的都是些什么？我的神龛之上，我的房顶
　之上，

我的神山之上，我的神林之中，我的江河之畔，
我的庙宇之中，我的大地之间的那一颗心脏，
今生如此这般的身躯之中，供奉的都是些什么呀？
我需要看见。

记忆中的神龛在昏暗的时光中模糊了面容。
蓝色炊烟一遍遍亲吻家族心灵的皈依。
我的神龛是家的神龛。家的神龛是我最早心灵的皈依。
在崖峭石壁之上与修砌的家浑然一体。
逐渐进入幽深而更加缄默，慈祥的面容。
像祖母。像祖母的祖母。像从未相见的祖先。
我的心灵常常在这些祖先的触摸中得到允许和帮助。
还有更多，更加无限的祖先站在身后，作为背景和渊源。
这时，我才感受到了小辈的幸福和晚辈的可爱。
在所有祖先的目光和情感的注视之下，我走向房顶。

群山环绕的众多房顶中的一个房顶，在天宇的对面。
与阴山阳山的梯田上生长出来的所有房顶一样。
我的房顶供奉着相同的神龛。羌的纳萨。家的神坛。
也是我，一个族人，在家的怀抱中完成的精神的皈依。
木比塔拂着云绸，微笑着走过三女儿建立的人间。
白石荡漾着神族所有的灵光与永恒的祝福。
柏枝顺着霞光，铺成熏香的路，恭请天神垂眸看见。
一个个矮矮的身体与身边的亲人深深地跪了下去。

在无限感激的虔诚中，敬献出最美的颂词和最大的羊头。

百灵鸟牵着布谷鸟的手，从群山飞向大海，飞回群山。

所有的鹰鹫无影无踪。所有的熊胆失去了冲动。

所有的群山散发出菜园的气息。羊群洁白而肥美。

我的神山之上，我的神林之中，都是神灵密布的光芒。

每一缕光芒都走出溪流、羊角花、冰川、墨色森林、湖泊。

走出鸟的飞翔。羚羊的矫健。野牛的浩荡。

每一缕光芒都走出群山的苍茫，烟霞的迷蒙，时间的寂静。

走出果的金黄。菌的惊喜。虫草的精髓。鹿耳韭的白绿。

每一缕时光都牵引出山歌的内心。男人的翻越和坚定。

牵引出女人的眼睛。月亮一样的笑。梅花鹿一样的美。

每一缕时光都奔跑着孩子的想象。胆怯。闯荡和尝试。

奔跑着道路的缥缈。梯田的起伏。村庄的远近。

我的神山是所有人的神山。我的神林是所有人的神林。

穿过神山神林，我来到更多的江河，更大的河畔。
我的神龛供奉着传说中的龙。一种元素。一种象征。
龙，宛如烟云。宛如身心之中不可捉摸的力量。
遥远得只有这么亲切。比我祖先还要令我崇敬。
我的神龛供奉着并不存在的形象。为了需要，为了升华，
我被神龛中的龙，大江大河的源头——大海中的龙牵引着。
我被自己供奉的龙养育着目光前进的方向。
在一个名叫岷江岷山的这个地方。

岷的江和山

都进来了，所有不安和祖先的延续，路和山田，
所有牧场和忧伤的笛音。长长的思绪缠绕的星光。
一定都蓄着天下江山，大地，海洋和生灵的品质，
一切向上，向下，陡峭，苍茫，狂放，绝望，
狭窄，死亡，新生，轮回，递进和可能的性情。
曾经无力回天的痉挛和四面楚歌的崩溃，
都进入了岷的江和山的怀抱，成为新的历史的根基。

我的眼睛继续看见，犹如身体继续青翠。
所有山性、水性、土性、物性都进入人性。
进入羌的体系。进入数千年后我的生命与灵魂。
咚咚咚咚这些熟悉的村庄的心跳。羌的心声。
涨满每一条溪流和泉眼，每一片山林和每一季庄稼。

从悬崖峭壁的节眼上，黄色和黑色的土地上，
一尺一寸，东西南北，冉冉而起，山上，山下，
顺着心愿和阳光生长起来的羌碉，打响口哨，
招呼五彩的人群，羌，流淌岷的一条暗河，
灿然耕种荞麦、玉米、小麦和胡豆的心思，
萧然放牧山歌和房梁的野性与豪迈。
在朝霞临窗的刹那，羌语吱呀一声推门而出。
羊皮褂子紧握的锄把，掀开了岷的等待和呼唤。

走过了至少七千万年的时光，岷的江和山，
终于开出新的花朵，唱出新的歌谣。羌。
我的记忆随着诗篇，一步一步走进时间的深处。
走进姜维城土壤中熟睡的陶和刚刚离别的祖先。
我的手指轻轻抚摸着石纽山上禹时代篆刻的事件。
因为长期的寂寞和等候，禹离开了长久的眺望，
用一只巨斧，劈断了所有通向禹迹的道路。
我在颤抖中翻越着泛散白光的四面绝壁，
那曾是我的心魂深刻拜祭过的高地。禹地。
怀孕十四月的母亲剖腹而生禹的染满心魂的土地。
岷的江和山，昆仑神话之后又一个神话的家园。
禹的故里。禹的童年和爱情生长的山寨。
在渐渐灰暗的眼神里，禹转身而去，
让吟诵释比经典的人群找不到放牧的羊群。
让我的歌唱找不到心灵、喉咙和耳膜。
我看见了岷的江和山走向了自己的背面，
犹如我的羌行走在旋转的时间的表面。

彼此无语。岷被参透的同时，我被参透。

注定从心灵之中浮现出来。岷的江和山。
小妹坐在房顶，槐树下，学着妈妈和姐姐，
在自己鞋底或者围裙上，收藏的肚兜和领口上，
沾着青春和青稞酒的醇香绣出了浪漫的温暖。
让每一块走出干旱的山田都生长出丰收的目光。
披红的兄弟在火塘红的唢呐声中走向族群，
走向另一个家庭的劳动和幸福的中央。
犹如酸菜伴着腊肉。火塘伴着玉米酒的力度。
回忆和经历都伴着每个村庄的绿或者半黄半绿。
神羊和即将神化的牦牛相互致敬。在白空寺，
我出生的一朵莲花山上，羊皮鼓声滚滚而来，
羌，正在偿还放牧高天之下的古老心愿。
岷的江和山是羌，也是羊的家园，牛的乐园。
踩着祥和，神羊和神牛在白石灵光中，
播撒着自然的秘密和汗水的纯净。岷的江和山，
唱着花儿纳吉，穿过岁月的巷道和阴森的黑，
让村庄眷顾云朵之上的雪白，自足而飘逸如仙。

也许正中心愿，岷的江和山不禁放浪起来。
就在那天。天哪。永远都不愿回想的那一天。
爸——地震！我听得儿子一声惊叫……

第二乐章　痛过怎样

都过去了吗？那些大的、小的、花的、果的、
动的、静的，事件发生之后幸存下来的，
所有生灵，所有给予生灵存在的可能和事实，
包括岷的江与山，曾经和现在更加割舍不得的
　桥梁，
还有人，不同时间概念下的万物的主人，都过
　去了吗？
都离开了那个不堪回首而及时获得救助的现场？
都回来了吗？回到那一天美丽的上午和正午？
回到规律，人性与警示的里面？

时间弯腰

时间在这里弯了一下腰，
许多人的许多家庭，
都眯上了眼睛。
那一瞬间，内心的脊梁骨，
都断了。

时间弯下腰，不是因为好奇，
想看一看岷江的深度，
摸一摸岷山古老的脉动，
羌村真的无欲无求？
大禹的烟火是否翻山而去？

时间弯下腰，密度陡增，
许多心脏粘在一起，
许多身体粘在一起，
呼吸粘在一起，掰都掰不开。

泪水和泪水粘在一起，
钢筋水泥和血肉粘在一起，
无情和深情粘在一起，
生与死粘在一起，分都分不开。

时间弯下腰，谁曾料想，
是牛眠沟的蔡家杠撑不住了，
将映秀高高抛上了空中，
汶川的血泪就洒遍整个世界。

5·12

深深地，稳稳当当地，扎进了我的生命之中。
那日上午山河好宁静，正午阳光好亮，好美，
如同妈妈的怀抱，默默，无边而且深情，脉脉，

那日幸福，残留在深渊的对岸，让我怀想一生。

5·12。5·12。黑色的5·12。我说的是下午，
汶川和这个家园之上的这个民族。羌。从那一刻，
2008年5月12日14点28分，开始跌入深渊，
经过反反复复沉沉浮浮生生死死魂飞魄散的80秒，
我，战栗不已的这只羊，终于站在幸存者的这边，
一身伤痕，满眼渺茫，眺望着对岸的美和好。
毫无伤痛的生。祥和。自由。温暖与惬意。
泉流水源一样的上午和正午。羌。让我不尽地思念。

然而，孩子，我未来的，一生没有大灾大难的孩子，
无论我的生与死，现在，我都满怀深情地祝福你们，
让这些积蓄千万年的仇怨通过这次全部赐予我们，
你们就继续一个民族最早的古老和最好的辉煌，
警惕灾难在大地之上并不遥远。5·12并不遥远。
这一代祖先并不遥远。海啸，飓风和火山并不遥远。

要命的时刻就来了。起初是炮声一般震动着门窗，
嚓嚓嚓，嚓嚓嚓，环绕而去。我在六楼，
和即将上学的儿子突然被这强大的震动包围了，
越围越紧，铺天盖地，越旋越深，越密，
整座高楼剧烈俯仰起来。我和我儿子像家里什物，
东甩西荡，抓不住彼此，找不到依靠。
任凭钢筋啃噬水泥砖墙，发出嘎吱嘎吱的饕餮之声。

太阳被什么撞落了，伸手不见一丝的光。轰隆隆，
　轰隆隆。
轰隆隆，轰隆隆。到处都在爆炸。思维即刻短路。
天哪。墙壁就要垮下来了！楼顶就要砸下来了！
轰隆隆。轰隆隆。轰隆隆。轰隆隆。
嘎吱嘎吱。嘎吱！嘎吱！嘎吱！
恐怖咀嚼之中，没有了方向。挣扎。乃至尖叫。
即使感觉清晰，内心也是无助。而且绝望。
巨大的能量穿透身体和心灵，穿过我们的所有。
哪里有时间奔跑？有时间哭泣？
哪里还有可能逃生？在猝不及防的巨变面前。

一座山一座山都碎了，喧嚣着砸断岷江。
所有沟谷在厚厚的土石重压之下。
村庄、草木和人群，道路和炊烟，桥梁和山田，
没有一个不在空前巨量的震荡中回旋，昏厥，
没有一个不被活活撕扯，生生拉裂而埋葬。

这些声音

这些声音追赶着满世界的碧绿，
鲜红，嫩黄，从山顶奔泻而下，
随巨石的滚动，跌落，罩住一列列山梁，
村庄、梯田和耕牛的无路可逃，
由着性情，尖锐地碾过草木的头顶，
碾过五月樱桃和灌浆的玉米苗。

应着群山之下巨量的震荡，
每次都释放积压上亿年的风暴。
漆黑隐匿在地底的，等待轮回获赦的酣畅。
这一刻，所有表层生命的规矩与形态全被破坏，
砸烂、吞没和掩埋。
新生的声音掠过眉梢，穿透心房的神经，
掀翻人生有限的经验和仓促的祈祷，
践踏人类长期的尊严与自信，
覆盖了千万年的灵与肉创造推进的文明。

鬼哭狼嚎的这些声音搜索着。
前前后后，深深浅浅劫杀而来，
夺走生的色彩，律动和幽幽的灵魂之后，
随尘土降落赫然断桥之上，
我的孩子和避难者眼睑之上，
所有受伤幸免于难的庄稼和果树之上，
把最终的惨交给逐渐蔚蓝的天空。

飘的眼神

脱开手指的气球一样，
眼神都是飘的。那一刻开始的噩梦，
眼神都如莲香一样，飘的。
身体在遥远的黑色深处，斜生生地，
插在破烂的时间的底层。

水面流光一样，飘的眼神，
看不清水底清澈，水中甘甜和柔美。
像生命中脱落的爱情，
把可怜的身体耽误了，还不知道痛。
还不知道冥冥之中早早安排的这场毁灭。

每棵绿都想抓住远走的眼神，
回到晶莹露珠上五彩的光芒之中。
岷江上游这些硬朗的群山，
滚滚尘土下身心受伤的群山，
请快快拉住这些渐渐飘飞的眼神。
拉住我。

从沉痛的内心出发，
飘的眼神只想回到宁静的上午，
阳光的正午。回到家的气息和习惯。
从亲爱的身体坠落的瞬间，
飘的眼神只想回到朗朗柔美的怀中。

飘的眼神从砖瓦撕裂的缝隙出发，
穿过钢筋水泥的断裂、重压和啃噬不放。
滚烫的血液浸透所有的忍耐、坚持与抗争。
飘的眼神绕过清流的干死和山峰的崩溃，
轻轻冉冉，行走在爱的深深呼唤中。

孤 岛

破碎漂移的汶川，每一处都是孤岛。
黑色天空下，只有呼吸是明亮的。
只有救援的声音是明亮的。第一时间，
厚厚尘土覆盖过的眼睛是明亮的。
求生的呼号与互助的精神，是明亮的。
即使汶川身上所有的经脉全被砍断，
自救行动和决心是最最明亮，璀璨夺目的。

孤岛成舟，冲锋在波澜起伏的震荡之上。
孤岛成军，即使悬崖深渊也走成坦道。
孤岛成世界宣言，挺起不倒的脊梁。
汶川，岁月底层默默行走的一道古河，
所有凝聚与遮蔽注定都要突破地表。
之上是统一的天空，高高的旗帜。
金色时间里最美的微笑和希望。
这是曾经生活所不曾料想的一幅幅画卷。

孤岛成串。自救的身心血肉相连。
孤岛成人类史上又一种崭新的绝响。

车

突然就葬身一壁倾落的岩石。
一群穷凶极恶的岩石。

一阵狂啸奔跳之后，
虎视眈眈，
在命悬一线的岷江边上，
透射一种刻骨铭心的冷。

都知道，这哪里是独独的一群岩石，
岷江上游，凡是有山脚的地方，
汶川怀抱中每一个生生不息的地方，
气宇轩昂的国道317线，或者213线，
包括根须一样伸入千山万壑中的机耕道，
都被这硬朗的疯狂的岩石所占据，吞没了。

连起码的一声惨叫都没有，这些车。
漂亮的车。那么值得信赖的车。
回家的车。出发的车。兴高采烈的车。
血气方刚的车。搽脂抹粉的车。
远道而来，而去，寻找美与欢乐的车。
在没有时间的一瞬间，都失踪了。

满含深情的手，急切奔跑的无数双脚，
鲜血汩汩喷溅的心，化作无法触地的气体。
在这些熄灭了车的生命的累累岩石之上，
这么深刻地痛着，
透过时光清澈的玻璃，遥遥地抚摸着，
犹如抚摸屈死腹中的心肝宝贝。

而有的车被狂野的岩石凌乱的脚步，
踏破了头颅、腰身，或者筋骨，
赫然凄凉在这一群群岩石的阵营之中。
谁也没有看见，谁也没来得及听见。
一辆又一辆车在相同或不同的音符上，戛然而止。
谁都明白，车死了。
车的里面都是人啊。我的同胞。
亲爱的祖国心中这一个个爱她的人。

映　秀

一声惨叫都没有。
映秀被来自地下这一掌，
狠命地击中。
天空眩晕着，一头栽了下去。
胸膛的江水像血管炸裂，
冲天的血浪喷溅在村庄的脸上。
那一瞬间，没有一点悬念。
岷的江和山窒息而死。

握锄头的手死了。
遨游宇宙的思想死了。
黑板死了。教室死了。学校死了。
红领巾少年死了。献身知识的粉笔死了。
课本死了。新华书店死了。
饭店死了。旅馆死了。道路死了。

孝敬父母的爱死了。

美好沐浴下的青春梦想死了。

小桥死了。流水死了。月色死了。

办公室忙碌的身影死了

正歌唱的小鸟死了。正走向幸福的脚步死了。

正发现的眼睛死了。正倾听世界的心灵死了。

正优美的传说死了。

褐色泥土，棉被一样，

裹住了映秀的每双鼻孔。眼睛。

捂死了长发、白发的希望。

捂死了汗水浇灌的梯田。

捂死了金灿灿的五谷杂食。

捂死了天南地北运来的物品。

捂死了动心的情怀。

捂死了最甜蜜的口舌。

捂死了奔腾的气概。

捂死了呻吟、等待和呼唤。

捂死了最后一分钟的坚持。

捂死了最红的心脏。

捂死了掏心窝的爱。

一颗一颗雨滴砸下来，谎言一样，

想要掩盖这人间地狱的真相，

将深刻的痛，揪心的惨，埋没在下面。

呼吸被掐断。任何的庇护都被捏碎。

所有残忍一齐登场，潮水般狂嚣，

从灵魂身上碾过来，碾过去。

啃啮着绝望。

映秀死了。

一个一个具体的家死了。

一昼夜一昼夜，一分钱一分钱积攒起来的家。

一滴汗一滴汗，一块砖一块砖垒砌起来的家。

一抔土一抔土，一块石一块石镶嵌起来的家。

被痉挛的山岭击翻，

埋葬在数千万吨的乱石之下，

荡尽血肉。融进翻腾而来的深层黑土。

映秀。映秀。

呼　唤

怎样的呼唤才能唤回你呼唤孩子时被砸掉的半截舌头？

多好的水磨幼儿园年轻的女老师。

我的抒情怎么也不曾料想的一种震撼的美。

那些崭新的眼睛和身心通往未来的所在。

也是你，最可爱的孩子的母亲。老师。

你孩子的父亲最最牵挂的爱人啊。我呼唤着你。

无数个危机四伏扼杀着我们向天的目光之后，

我的诗歌唯一地呼唤着从未谋面过的你。

是吗？应该是这样。也可以是这样。

你是人类美的又一次升华和肯定。
老师，你飞翔的多彩的种子，
早已播种在水灵灵的水磨幼儿的心中。
你花朵一样轻一样柔的歌声，
早已沐浴了这些小宝贝人生最初的心灵。
你的离去是孩子们获得新生的踏板。

放心地飞翔吧，永远的老师。
你在山河中的倒影照亮了无数绿色的生机。
这些孩子眼里流淌的回忆，都是你的美。
但是，此刻，我还是深刻地呼唤，
什么样的呼唤才能唤回你飞落的舌头？
唤回你如此纯粹的身体和呼吸。
唤回你朝霞一样的笑声和天真的目光。
回来吧，老师。回来吧，老师的长发。
回来吧，上午的理想。年轻的妈妈。
燃烧青春和理想的女人，回来吧。
每一个人都想你依然歌唱，依然明亮，
在水磨的每一个早晨，正午，或者傍晚。

招　魂

回来，回来。所有失魂落魄的一切都请回来。
回到呼吸和承载呼吸的肉体里面。
回到破碎之前的安全之地。
回到鸟鸣幽幽的空谷白云中来。

回到风景，回到歌声，

回到田园，回到山野。

回到历史的、生物的、遗传的链条。

回到在天之灵的视野和祝福。

回到灵魂山清水秀的里面。

微风吹拂的惬意的心中。

回来。回到失踪或强行摧残的逆向。

踩着深深脉运，文化精神的节拍。

回来。忘掉那场夺人心魂的梦魇。

回到所有花香层出不穷的新的归途。

回来。回来。一定回来。不失种的霸气，族的豪情。

回到断裂之前风平浪静的日子。

回到一切美好继续自由，和谐而梦想。

车　队

从鲜红坚决的慈悲大爱中开出来，

一辆接一辆，长长的、高高的、重重的、

军用的和民用的，碾过峡谷群峰一串串危险，

满载万众一心的芬芳，长江黄河的柔情，

炎黄子孙前仆后继的品质和舍我其谁的胆魄，

血液一样，汩汩地输进了汶川失血惊魂的伤痛中。

这些勇闯生死绝境的大卡车，私家车，

迎着久违的月光，神奇的霞光和含情的目光，

一寸一寸，一辆一辆，一天一天深入岷山千沟万壑，
缝合破碎的群山，埋葬废墟中冷却的心血。

一辆接一辆，车队行进在汶川万分紧要的时刻……

志愿者

没有任何准备和犹豫，那一刻，
注定走出 18 岁的迷惘与轻狂，
走进中国文化与现代文明相濡以沫的当代前沿，
怀揣 20 岁青春年华走进历史，义不容辞，
用最红的爱心说出责任与良知。
不在乎 30 岁 40 岁精彩创业的一时放弃。
人性光芒照耀周身高洁无私，无怨无悔。
放手 50 岁 60 岁的暮霭沉沉与天伦之美，
毅然、决然、慨然、欣然走向伤痛四处，
走进四面悲歌的灾难中央，且唤、且为、
且歌且行、且生且死，无视废墟之下，
之上，之前后左右层出不穷的震动，
黑暗和近在咫尺的深渊，
直面狰狞处处，家园生生的惨与痛，
以大爱情意拭去呻吟，感染，甚至恶化，
拨亮气息微微的眼神，
让坚强互相流转，并且加固。

即使大雨滂沱于四面高山深谷，

泥石流堆积在临时帐篷的脚下，
堰塞湖泄露一个个滑坡、滚石、噩梦。
大大小小的毁灭之声此起彼伏，
参差拥挤更兼远家之中舒适蜜意与问候担忧早
　晚袭来，
也要承受这刮骨惊心的经历如此沉重，细密，
从每一个具体的日子和事件中释放力量与温婉，
自然而然，绽开一朵朵纯金莲花，
香传代代，心安。

再　震

突然从内心最柔软的部分震动，
豆花一样白嫩的内心啊！
倏地传向周身，敲打敏感警惕的神经，
之后才是房屋和大地摇晃起来，
渐渐，更大更久的震颤裹着恐怖，
触电般再次袭击震后每一个活着的人。

跑，无论楼层高低，都要跑。
不管脚步大小，距离远近，都要跑。
跑是震动强加给每个人的条件反射。
离开原地，跑出房间，冲出楼层，
仿佛离开刚才的位置才是正确，才算安全。
跑，是余震威胁幸存者的一个个伎俩。

即使平静的水面仅仅荡起一层微微的波痕，
不是记忆中的惊涛骇浪，翻天覆地，
心，恍若云中惊弓之鸟，
遥遥远远地载着幸存的身体和意志，
在那余震到来的刹那。

旗　帜

废墟之上如此亲切的旗帜鲜艳着目光，
从滚石崩土断桥地缝危楼中逃出来的目光，
天哪，是混浊空气里的黑土埋葬不了的目光，
掠过死亡地狱的深渊，多艳多美的旗帜，
保险绳一样搂紧不愿漂流的目光。

从堂屋天井中落下光线一样的旗帜，
是成功逃离中凝聚而猎猎飘动的旗帜。
没有哪颗心脏不涌动着幸运温暖的信念。
祖国啊，每个泅渡的村庄都满含感激，
是旗帜无声高昂的鲜红安定了极度的恐惧，
即使一阵阵地动，轰轰然再次滚滚而来。

绝境之外急急赶来的每一串新鲜的脚印，
穿越重重飞石流土的每一个归家救亲的心愿，
提脚奔向生死未卜的校园的一个个亡命的父母，
这些被等待千年的落石擦肩而过的生生逃离，
都是汶川劫后余生的生命高举的旗帜，

最终融进继续生活而创造的手上。
心上。胆上。

力　量

有一种力量让虎豹在对视之后转身离去，
把空旷、自由、干净的世界留让出来。
溪流唱起森林的清幽，百鸟朝凤，
大道在露水下的阳光丛中缓缓挺进。
有一种力量可以推开雪山的阻挡，
让南国的春风丝丝入扣，百花歌唱，
果子深入劳动创造的筋骨皮肉的里面。

有一种力量在泰山压顶的瞬间击碎阴谋，
旧秩序四下逃散，新芬芳冉冉升起。
短暂的密集的撕心裂肺因为回头而绵绵愈合。
雪花洁白在夏莲的胸口，玫瑰心上。
阳光拔地而起，直至顶天立地。

有一种力量不紧不慢，像草青，不枝不蔓，
像麦黄，像种族的遗传不声不响，
穿过迷离的梦境，血痕泪滴的斑驳，一路探索，
开辟，丰盛，遗憾，幻想而来。
像左手对着右手，儿子长成崭新的祖先，
有一种力量激荡着历史的呼吸与心跳。

破碎的岩石，流浪的云朵，沉默的泥土，
因为这种力量的无处不在而耸起处处乡村。
死去的心血和远行的深爱终于重逢。
因为这种力量本质的超常，我们都回来。
回到祖国和民族的根脉与魂魄之中。

劳动者

这是力量，精神，身体和梦想都属于劳动的人。

一铲一铲，小心急促地掀开废墟之门，
所有救援的心和手，目光和思绪都静止了下来，
仿佛光芒扑面笼罩全部的世界。
这是何等的永恒，伟大和悲怆啊！
5月赤裸上身，背负沉重尖底背篼的汉子，
被崩塌的天空覆灭了蓬勃燃烧的火焰，
并且凝成血肉刚健的一尊雕像，一幅油画，
迸出磁场一样深绵的吸力，叫人眩晕。

这种突然跌入地狱的热血奔放的死亡，
是一个健壮生命徐徐花香的死亡。
此刻，所有救援都揪心而慢，
轻轻抠取着羌村萝卜寨这个家庭的灭顶之痛。
从这个不知姓名的男人弓腰负重的身上，
剥离重压深埋的黑暗。
在阳光的胸口，爱的泪水波光潾潾。

心海之中冉冉升腾希望的羌家汉子啊，
骤然消失的速度远远超出了悲伤失重的速度。
妻子眷恋的胸膛，孩子需要的依靠，
老人守护的火塘和一家人渐渐浮出水面的蓝图，
都在这无语的覆盖中，深深浅浅地浮动。

灵山圣水的萝卜寨支起低矮乌黑的雨帘，
如数家珍，清理着这个男人刚毅倔强的内心。

驰

驰的速度最美。车的。人的。冲锋舟的。
群山的骨骼承受着巨大挤压，肌肤与毛发被无限撕扯的时候。
每一处断裂，失衡和暴动的土地之上，驰的身姿最美。

驰的里面是心！红的心。

急于将自己的红输送给废墟丛中的绝望的黑。
一声声冰冷死寂的黑。汶川的黑。
驰的方向。驰的目标和终点。
天府之国的门口。岷江源。大熊猫坚守的家园。
岷山玉和珙桐花恋爱的乐土。汶川。

驰的里面是命！人的命。

急于将自己深入到裂开的土地的底层。
急于将残留的呼吸挽留。
急于将更多土地、更多光明和坚强传递进去。
急于将铁青色的羌碉扶向天空的蔚蓝。

即使被一群群奔泻滚落的死亡包围。
被滔滔江流的獠牙所撕咬。
群山关上通往大地的所有的门窗。

驰的里面是魂！国的魂。

岷之桥

断了。

想法和需要越来越多而越加宽广的桥，它断了。
速度和能源越来越狠而越加高大的桥，它断了。

岷之桥断了。因为岷山看不见了内心的人，那一时刻。
用生命和智慧，情感与温度，一尺一寸亲吻群山肌肤的人！

更多重量搬进搬出而越加重要的桥，它断了。

断了。通向未来另一种时间和欲求的桥，它
断了。

这些穿出黑暗的巨大滚石和深处沉重的泥土，
撞飞一路的草木，掩埋一路的脚步，
冲到断桥边，或者中间，或者跳进岷江的水浪，
仿佛比千年、万年，甚至亿万年一动不动，都
快活多了。

整个岷江大峡谷的秩序因此而变了。乱了。

匆匆是那些不顾生命的、品质锃亮的人在靠近。
靠近。
急切地靠近那些被砸死、击伤、活埋的亲人和
同胞。

即使没有了离水面最近的这些钢筋水泥的桥。
即使还有那么多气势汹汹的巨石、碎石、沉土
和黑土站在悬崖边，
饥饿地注视着奄奄一息的村庄、城镇与田地。

这些人都不怕。穿越。飞行或者蠕动在光明仍
不分明的峡谷。
岷江大峡谷。面目全非。远离了古老祖先心愿
的峡谷。
恶的。丑的。崭新的。可怕的。现实的峡谷。

一点一滴心血积攒起来的、曾经爱意葱浓的峡谷。

桥断了。承载现代心理和重量的桥，断了。
桥没有了。大量给予和需求的桥，没有了。

不是古老的、跨江的、过河的桥没有了。
你看——水流中如莲花的一朵朵石块。风中飘摇的溜索。
连接溪流两岸的独木桥。不都是好好的吗?
即使地狱伸出冰凉的舌头随时会卷走他们轻轻的身影。

岷之桥。没有断！在尘土与滚石狂乱的任何时刻。如人。
祖先绝好的品德和筋骨延续的人，如桥。如禹，做了自己闯出绝境的桥。

心桥！命桥！

岷之桥！这个世界身处孤岛绝境的最美的桥。
通向祖先，新生，未来，品质的桥。

千沟万壑，千疮百孔中默默缝合大地的桥！
岷之桥。永远。青春在血脉最深处的人类的桥。
如心根本。岷之桥。

来　了

远在汶川生活和汶川思维之外的南海边，
敞开衣襟弄潮赶海的广东人，步履匆匆，
越过一丛丛千秋万代的阻隔，
减去千山万水迢迢复迢迢的远程，
从中南海的心口，天安门的目光中，
握紧誓言，带着大海的宽广，坚定地来了。
与汶川生死注定相依的这些广东人，
告别温暖湿润的气候和舒适温馨的家庭，
一脚踏进了身心飘摇的汶川大地。

一寸一寸延展着与时代同行的步伐和憧憬。
把身心和智慧真情交给无数山路汇聚的每一个村庄，
每一个乡镇的楚楚守望与轮回。
将忠诚和大义镌刻在生命和灵魂的深处。
一天过去了，随着浑浊与凝重。
一周过去了，惊恐与危机融在共同的甘苦。
一月过去了，再大塌方和堰塞湖终究渺小在脚下。
一年过去了，什么样的灾后绝境都一一闯过。

既然来了，这些以热血铸就誓言的广东人，
自由地出没于四川方言和汶川风俗，
灵动在时空交错的每一个节点，
将南国海涛和蔚蓝，一点一滴种植在大陆内部。
种植在岷山起凤、汶水腾蛟的历史传说之中。

甘甜的雨声顺着阳光照亮的云层，落下，
滋润干渴已久的梦境和等待吮吸的缕缕根梢。
汶川啊，请你打开更多的感激，并且豪迈，
这是世界目光所酝酿，祖国内心所期待的啊，
请所有呼吸都舒展出古老的意志和历史不改的
　方向！

喀喀喀

昼夜不停地喀喀喀。喀喀喀。喀喀喀。
历练神经的剧烈震颤在汶川，在震中，
每一处从大地站起来的乡村迅速传开。
这是破碎危楼的挖掘机深入坚硬的声音。
走过地动山摇的那一要命的时刻之后，
汶川崛起前行的脚步发出的最为强劲的足音。
喀喀喀。喀喀喀。尽情地喀喀喀。
喀喀喀地破碎着，不分昼夜。
彻底喀掉灾后这些所有的危险，
腾出有限的地盘，空间，新的机会，
给这新生了的大爱中的汶川，
中国的汶川，一次最好最快的凤凰涅槃。
这可是人类面对灾难的又一次自我修复。
喀喀喀，喀喀喀的声响是这个时代，
这个地方最为庞大的英雄交响乐。
握住世界目光，在那痛得绝望的时刻，
也在这千秋家园重新迈步的时候。

风雨之后的阳光顺着海拔的高度，
一寸寸一分分一步步走入岷山的怀抱。
温暖南归的布谷鸟跳着舞，唱着歌，
在岷江的水浪之上拉开层层梯田的春耕。
一辆接一辆肩负使命的大车、小车、拖拉机，
在复活的崭新的坚强的路面上，
满心欢喜地招呼着，鼓舞着，欣赏着。
我们彼此，统统都是时代的缔造者、
书写者、幸存者和历史的记录者。
我们的存在是明天的存在。

喀喀喀的歌唱是今生最美的歌唱。
坏的旧的毁灭，是新生的孕床。
喀喀喀。喀喀喀。喀喀喀喀喀喀喀。
抖吧，你这烦人幸福的震颤，
举国关心、全球期待的汶川精神的继续。
喀喀喀。喀喀喀。喀喀喀喀喀喀喀。
抖吧，把曾经罪恶的灾害的血污通通抖掉，
把那明亮清澈的、远去的美丽上午，
连同宁静的正午，缝合衔接在生命的里面。

阿尔寨

云朵下面另一片时间孕育的另一片山水。
一次次欢笑，一辈辈汗水和血液温暖。

一个个生命遗传珍爱的另一个世界。
隐居深闺而安静的小巧的世界。
某年某月某日下午注定涅槃的家园。
栋梁筋骨被强力捏碎的众多家园中的一个。
阿尔寨。羊皮鼓声声滋润的羌寨。
我的心智和情感反复记忆膜拜和沐浴的圣地。
五谷走出泥土，石锄走出岩石，玉佩走出洞穴。
白石流淌的灵光密语被楚楚发现而复活，
讴歌在天朗气清的光芒乐章之中。
南国的风翻山越岭，赤诚躬耕而来，
深入羌碉的古老和羌语的深邃。
溪流纯净四季旋律的阿尔寨，
迎面挺起一间间崭新的憧憬和幸福。
羌绣终于走出深谷腼腆的花香，
怎么可能不长长地牵挂我文字的内心？
犹如火塘映红余永清一家绵延的情！

汶　川

8000多亿人民币堆积起来的哀伤的词语。汶川。
五星红旗降到一半，让不幸的灵魂升天的路口。
　汶川。
亿万颗心温暖支撑的，崭新的一个家园。汶川。
人类数千年数万年征程上一个极为醒目的脚印。
　汶川。
受难的。痛的。苏醒的。回来的。笑的汶川。

雪花飘下来了。雪白雪白的花。从眼睛深处飘下来了。

没有一朵不是经过灵魂的洗礼和祝福。我看见。

这些隐匿在群山阴影的，至少从5000年刀耕火种出发的炊烟，

窈窕而且坚决的身姿，越来越加的清晰，完整而且完美，

寻找，靠近，熟悉我的眼神，直至深入心间。

像那些用粗糙的手握出感情片刻不离的石刀、石凿、石锛，

依次而来的，从岷江的水浪中必然走来的窑和窑生育的陶，

多种品质，多种功能，多种想象的陶。唯一的陶。

陶的心情关注的发，陶的心思浇灌的歌声夺人心魂的喉。

在岷山的高度上，降下最最温暖的雪花。雪花。

豹子的脚印和熊的号叫走过的雪花。

装点思考，吮吸鹿血的雪花。一片一片的雪花。

被禹的铲和铲的兄弟姐妹们，轻轻撮掉的美和风景。

渐渐融进汶川的血管。汶川的记忆。汶川的土地和变幻的风云。

那一双双擦洗天空，触摸遥远，甚至大海的手。脚和眼睛。

毫无时间终止的开天辟地的行动。

来了。开天辟地的行动。就这样毫无阻拦的，必然

挺进的乐章，
从岷山玉的质感，从众多的茅屋出发，
像雪花旁边分娩的一个个女人，一个个祖先，
分娩着姜维城，布瓦山胸前背后的森林的插曲。
分娩着蚕陵。叠溪。营盘山。朝西，分娩着剑山宽大的掌心。
多么滚烫及时的分娩。毫不停息的分娩。
与禽与兽豪迈搏杀的分娩。越过悬崖峭壁浊浪飞天的岷江，
踏过森林密布的恐怖和处处攻击的危险，怀揣白石炊烟的岷的子民，
在分娩。分娩。不分昼夜地分娩。
手舞足蹈地分娩。嗜血寝皮地分娩。一无退却地分娩。
顺岷江和她的支脉开掘的峡谷，四面分娩。
就这样，群山中必然生长的汶川分娩了。从禹开始。

从禹发育的，毒蛇和洪水都放弃的石纽山。
荒草和丛林不敢再咆哮的刳儿坪。
从那些一块一块祭祀或者记事的石刻开始。
石斧把自己的形象和威力刻在石头上了。
繁殖族群身体和血脉的那个女阴。
那滴连续不断的雨水。
向天祈求的目光。向山感恩的心。
打开心窗的想象和能力。

那头轰然倒地的熊的体温和骨肉。
被剩余的鱼。被驯养的羊。被控制的牛。
行山走水的那匹终于被归顺的虎。
巨大的出发和顶礼的膜拜，
包括梦魇，都镌刻在石纽山的骨头上了。
被天光看见的同时，4000 年后我看见。
一首第一代诗歌，用心看见。

不多不少的神话缠绕着汶川的梦呓。包括我。
首先抚摸，分析，鉴定，然后回来。
经过现在，铿锵有力回到未来。
回到出发之前约定好的未来。
支撑现在的未来。你的未来。他的未来。
爱的未来。遗传的未来。
岷山和岷江心思中发育的未来。
村庄一次次倒下去，一次次站起来的未来。
用小路的井绳打捞的水灵灵的未来。
能够照见自己美，继续加固自己美的未来。
经过群山的梯田，成熟在青稞和麦子中的未来。
不再藏着掖着躲着闪着，远远地爱着，恋着的
　未来。

这些被未来命运托举的，大地震下深埋的心。
　回来了。
从海边，波涛滚滚的宽阔的海边。从天安门。
从阳光中分泌出来的泪水。从舍我其谁的进驻

救援。
从大地的正中央。从一批批祝福祈祷的话语。
一个一个你，一个一个她，一个一个我，回来了。
你，我，她和我们的总合——汶川回来了！
一定都穿着诗歌的衣裳。一定都敞开民族的胸膛。
拥抱玉米。拥抱梯田。拥抱泉水。拥抱传说和羌绣。
拥抱每一条小路，每一缕溪流，每一道山梁。
每一个低矮的灶房和火塘，文具盒和小小的书桌。
拥抱每一双洋溢海水的眼睛和旁边甘甜的唇。
我拥抱汶川。具象的和抽象的汶川。
就像汶川一分一秒见证着我的心。我的魂！

汶川。遥远得不能再继续的名词。从此开始，
走出历史。告别群山环绕的众多的阴影。
走进一个崭新的动词，或者一个崭新的形容词。
形容人类，或者一个国家的状态的词。
形容人的嘴巴和牙齿与土地之间关系的词。形容词。
也是动词。表达内心经历和身体的再生。
一个能够阐述精神和文化，甚至更大行为的词。
动词。汶川是一个崭新的动词，如同从汶川出山的岷江。
因为都江堰。因为天府之国。因为三星堆。因为金沙。
因为古蜀的久远、浪漫、夸饰、奔放和想象的存在。
因为杜甫。李白。锦缎。因为玲珑乖巧的辣。
岷江早已是中华地图上一个地位显赫的词。动词。

一个传递和开辟，受孕和生产乐土的母性的动词。
汶川动词。手臂上长满力量和新生的动词。
高高挥动960万平方公里伟大信念的动词！
汶川。人类焦点曾经和以后继续聚集的词。
经过动词，经过形容词之后，汶川干干净净。
雪花一样开出阳光的香。星星的香。
一个一个灵魂高洁的宇宙的香。汶川的香。
激动得山河都拿出庆典的祝辞：汶川永远。汶川继续。

数　字

就这样走出了习惯的平淡和被遗忘，开始让我敬畏。警惕！
当一个个具体的爸爸或者妈妈，女儿或者儿子，或者一家三代，
在汶川这个寂寞的名词之下，5·12这个冰冷的数词之中，
以个位数的方式，加入到十位数，百位数，千位数，
万位数，直至成为数万分之几，数万分之一的时候，我看不见了这些人。
看不见语言和脚步同行的绵虒镇副镇长杨玉琼的情感了。看不见
我亲爱的女同学资助我出版诗集的那些金色的微笑了。看不见
承载习俗、传说、岁月和释比吟唱的羌族老人张福

良的浩荡与深沉了。

我的心顿时变成了立方倍的痛。爆炸式的痛。

看不见血的痛。

看不见暖暖地牵着孙子上学的手的全部的爱。

一路的招呼和挥手！

看不见坐在安全行驶的车里回家的一颗颗远行的心！看不见

偎依在老人身边说着自己爱人，满脸春光的成家的儿子或者女儿。

看不见匆匆奔走在山间小路，送饭地里的女人。

学生的妈妈。一辈子都不退休的妈妈的妈妈。

爸爸的爸爸。

看不见像天使一样张开双臂，带着孩子飞翔的张米亚老师。

莲蓉老师。方杰老师。方杰老师的女儿。张米亚老师的新婚妻子。看不见

在没有天空，没有方向的地动山摇中，疯人一样哭叫着，摸跳着，

奔跑着，一脚踏进獠牙撕咬的房屋，抱紧酣睡孩子的母亲。

看不见最美的那颗童心。青年的心。学生的心。

历史的心。

另一部分希望的心。一瞬间被击翻在不知去向的心。

四处看风景的心。舍己救人的心。手中设计蓝

图的心。看不见了。

都看不见了。执勤换岗回家的心。拉菜运水果的平凡心。

诗人心。医生心。放羊心。背种子进田的土地心。

在这些毫无表情，毫无温度，成串成串堆积在一起的数字面前，

我看不见了数字里面的这些心。

我的心顿时变成了立方倍的痛。爆炸式的痛。灵魂深处的痛！

还要继续进入到数字的里面，从1开始。进入到1的里面。

1个同学，1个妈妈，1个妻子的这个1的里面！还要进入。

1个副镇长的1的里面。萝卜寨1个老人的1的里面。

这个时候的1是一道门。推开进去，里面还有无数的1。

每一个1都是一道门。推开进去，还有无限的1等待着开启那一扇扇神秘的门。永恒的门。探索的门。兴趣的门。本质的门。

于是，我进入这一个1，同学的这一道门。看见里面众多1中的一个1。

12岁时，离开1年中有83天晒不到太阳的家乡，激动而且被动的小学女生，

与另一个居住在高半山上的同乡小学男生，我，同样被动而且激动，

一起成了隐藏群山深处的理县中学初84级民族重点班的同学。

一起走进a、b、c、d。一起刷洗冰雪冷冻的脏衣服和脏被子。

一起坐在同一根条凳上睁开饥饿的眼睛，听甲乙丙丁走过的路程和速度。

一起想象白杨礼赞的精神。直到哗啦一声，走出初中的教室。

我和另外的同学留下继续高中。而她去了威州中学高中民族重点班。

3年之后，途经阿坝师范高等专科学校的预科，然后，

在嘉陵江畔川北行政公署的目光下，走完四川师范学院中国语言文学4年的时光，

一起把她节约出来的饭票和上学报名两头黑的遭遇，全部干掉。

之后，像鱼苗一样被分配到各自的溪流和水塘之中，继续神圣的使命。

或者恋爱。或者婚姻。或者早九晚五。或者生儿育女。

脚下的大地忽然就裂了。头上的天空忽然就黑了。

我的这个永远美好的同学，她就走了。张韩芳。

成了众多数字中的一个个位数，十位数，百

位数，千位数，万位数，数万分之一。

我的心顿时成了立方倍的痛。爆炸式的痛。生死撕裂的痛！

这些各自的1。一个一个抽象的1的背后代表的，

具体的人的突然熄灭，终止和消失。

一个一个无数可能和创造，智慧，责任，理想和道德的永远空白。

这些深不可探测的数字背后的现象和本质，天哪，这就是不幸。

这就是灾难。这就是无尽的悲伤。仿佛人类行走的必然。

昨天。今天。明天。影子一样尾随和相伴的宿命。

但是，我还得继续。继续进入这些数字之外的另外一些数字。

代表羊的数字。牛的数字。猪的数字。家禽。宠物。

这些动物的数字。包括大熊猫。惨死的猴子。小松鼠。

跑得飞快的羚羊。那只经常暗访庄稼的野猪和它顽皮的小野猪。

以及与这些跑动的和迁徙的动物相依为命的一系列植物。

殉道国道213线317线上的杨树。柳树。柏树。

花香醉人的槐树。槐树下面的大红花。背后梯

田中的红樱桃。

岷江河风亲吻的青李子。脆苹果。黑葡萄。小石榴。核桃。梨子。

和这些果树之外，高高峡谷中的森林。草甸。羊角花。喇叭花。兰草花。牡丹花。

这些众多生灵和风景环绕的，海拔和坡度、面积和肥力不等的层层梯田。

土房。石室。砖墙。工厂。学校。医院。桥梁。涵洞。

所有心血和汗水浇灌的。血管一样遍布群山的机耕道。

水泥路。小路。老路。岔路。直路。弯路。

每一种与人，与房屋，与风光紧密相连的一切存在。

此刻，向着我的眼睛，与惊天毁灭的数字一起涌来。

重拳一样击中在汶川努力向前的脑门。我的脑门。

我的心顿时变成了立方倍的痛。爆炸式的痛。毫无知觉的痛！

也有一部分痛，来自曾经的麻痹和蒙蔽。从加法，减法，

乘法，除法和一次次混合运算之后的麻痹和蒙蔽开始。

当一个个鲜活的存在，或者面容柔润的微笑，

被数字变成数据的时候，
我的痛早就埋下了将来一定会被发现，逐步还原的伏笔。
即使在幸存之后，还构想着清风吹开水面，吹开内在的隐秘和需要。
梦寐着怀揣一份最好的成绩，小跑着递交给我那早已入土的母亲。
小跑着要小鸟为自己唱一曲春天的歌。
幻想着每一个炊烟都向自己招一招手。
幻想着村庄从我的口袋挑选出优质小麦或者大豆的种子。

我的痛，是自我醒来清点希望的痛。
所有破碎的山河纷纷掉进我的胸膛，我的心！

都倒了

那一瞬间。梦想倒了。温暖倒了。大门倒了。
二门倒了。所有门窗都倒了。
门窗里面走动的和储存的心血都倒了。
用爱和栋梁，四壁支撑的家倒了。
被砸在转脸凶残的房屋下面。末日的下面。

一张巨大的黑孝罩住了群山破碎的脸。
天空背过气，死了。
天空被大地的死，吓死了。光没有了。云没有了。

蓝色没有了。空灵的遐想没有了。全是绝望。
空气一滴不剩。这要命的孝布啊，从何而来？

幸存的哭声在问？谁的孝布？谁的？怎么戴在我们的头上？
我们祖先死了吗？我们儿孙都不孝了吗？我们哪里就该遭受毁灭？
（不是让别人的毁灭来替代我们的毁灭。我没有这个意思。）
那为什么？为什么？从历史到现实，反复追杀？
从忘却到躲避，反复来围剿，洗劫。为什么？
那片天堂草原成为曾经的家园，难道是不可饶恕的罪过？
是注定将来，也就是现在，必须受到惩罚或者毁灭的理由？
还是谁的手指昏癫了头，错把毁灭安在了我们的头顶？
（不是让别人来替代我们。我没有这个意思。）
错了吗？从甲骨文开始。从被捉拿归案一般殉葬在漆黑的坟墓开始。
这只昏癫的手还是不是神灵的手？既然不是，为什么不拿掉它？
为什么不首先将它打入地狱？
为什么还要让它继续如此折磨，游戏一个民族？
一个守得住和平，自由，坚忍，自强的民族？为什么？

为什么？谁来回答？谁敢回答？
比地震砸出脑髓还要猛烈。我在问。为什么？
为什么连最后这餐山谷都不放过？
为什么让这一群少得可怜的呼吸都要取消？
为什么连骨头都砌进了房屋里面，燃烧里面都不曾
　看见？
汗水流进水碗的同时，流进干涸的心田。

倒了。倒了。羊和祖先的眼睛。羌的眼睛。都倒了。
我的一切的一切，在那一瞬间都倒掉了。
岷江水浪映照的笑声和奔跑的童年，都倒了。
痛心的是，我不知道他们都倒在了什么地方，
这些一个一个具体的人……

大师陪我

含着泪水和惊恐，大地的裂口，近在咫尺的死亡，
　血腥和剧痛，灵魂的漂浮，
哪里消受得了如此清楚的绝望和无助，大灾之后？
眼睛睁得大大的，像击穿水面呼吸的嘴巴。
我的眼睛，成了世界最新的空洞。

缥缈与虚无，可想而知了，被大自然强力覆盖，摧
　毁和打击，
我豆花一样敏感细腻的内心，受着如此真实的大地

的重。

可想而知了，我的荡然无存，我的苦苦支撑。

但是，我相信另外一种力量和信号，在陪伴，理解，分化着我的现在。

多年养成的定力和冥灭之中无处不在的大师，神秘暗示挽留着我。

我知道。我的现在是一个过程。

从前世到今生，从微小到庞大，从燃烧到飞翔，从死到生。

从潜流到地表浩浩荡荡地移动。

像海，像大陆。

像星空反复转化的无数恒星。

确实，我看见了过程。我经历了深深浅浅的过程。

大大小小面积不等的过程。

人性此起彼伏的过程。

绿的过程。香的过程。亮的过程。

黑的过程。黑黑亮亮的过程。

生的过程。死的过程。生生死死死死生生的过程。

沧海桑田，从寂静到喧嚣，到尘埃轻轻落定的过程。

脊梁破碎，心底破碎，道路破碎，时间破碎，目光破碎的全部过程。

同时看见了绿色——排挤枯萎的过程。

生命，气色，健康和正常渐渐回归的过程。

我看见了自己的过程。羌的过程。

长江的过程。黄河的过程。岷江的过程。甚至火山。
每一个乡村和都市，从白到彩，从未来到现在，到三星堆，到金沙的过程。

至于这个过程消耗了多少时空，多少憧憬和心血，美好和创造？
我终于彻底不知道了。

噩　梦

爸——！生生的一声撕心裂肺把我震出梦境。
我迅速跑进隔壁房间，儿子的床边。
把父亲的温度、安全，和吻，和怜惜，和真实一起交给怀中的儿子。
此时的外面和里面正是午夜时分。
哆嗦的儿子醒来又睡去，在我滔滔外涌的泪光中。
仿佛一切都没有发生。夜很深。

海底一样深的夜，一个连一个，密集，深广，几乎看不到一丝的缝隙。
看不到天亮和等待的界限。看不到安全的彼岸。看不到船。
看不到灯。看不到这样的夜晚何时是一个尽头。
但是我清楚，我是父亲。
我可以，甚至祈求，倘若上苍真的需要我的死亡，或者，全部的受难，才能够换取 13 岁儿子甜蜜的美梦，那么，我愿意。
问题是让我痛彻心扉，痛不欲生的现在并不如此。
儿子只能夜夜出没于凄厉的声声惨叫之中。
我无法扭转一个个巨量而漫长的夜晚。

儿子近乎绝望的“地震了”，是怎样的千刀万剐向我这个父亲剐来。
我不知道。淋漓的海水颠覆了我一场又一场的生与死。
一次又一次的恐惧，依然侥幸白昼肯定到来。
我深情拥抱着心中的儿子。安全的儿子。幸福的儿子。
瞬间救我于灭顶之灾的儿子。牵我不知所措的大陆向宁静海洋的勇敢的儿子。
我的儿子。我用我的臂膀和信念抵挡着整个夜晚和噩梦的入侵。

但是，天哪——
仍有那么多抵挡不住的噩梦闯过我的看守……

为什么不

为什么不？
我的眼里满含凝重的黑暗的光芒。
为什么不？
请您看啊，我的心底那根支撑家园的骨头断了。
为什么不？

让我渺小的身躯躺倒下去，让众多呼啸的冷风在穿透破碎山河的同时，也穿透我热血澎湃的胸膛，看能不能吹掉我从大地之中走来的那一颗赤诚的心。

为什么不？

为什么不？

那些曾经缥缈完美，与羊群同处辽阔的天地，却在历史的缝隙中越走越小，越走越硬，越走越矮的羌的身影，继续埋葬在黑黢黢的时间的底层。

为什么不？

继续让这个犄角内化，崇尚和平自由天性的民族。羌。继续他们的沉默和沉落。

为什么不？

这个放下牧鞭，被灵性的石头钟爱在岷山的千沟万壑之中，忘记了骏马的体温和飞翔的日子，埋头于掐指可数的梯田与炊烟，闪烁在悬崖峭壁中的道路上的我的民族啊。羌。放弃我不要想你。不要如此爱你。不要这么传递，坚持，耸立你。

为什么不？

为什么不？

燃烧的山风的下面，太阳的胸膛对面，青稞麦子的里面烧个彻底干净。

为什么不？

高耸河谷悬崖的羌碉走下历史的神坛与诡秘。

为什么不？

要毁灭都毁灭。只言片语，支离破碎的土地产不出万古奔流的豪气。

为什么不？

羌笛吹得我支离破碎，体无完肤，就像眼下这场旷世的劫难！

回　来

渐渐回来的我，一定是花朵一样芬芳在大地的胸口。

那么，我是从哪里回来？从丢失，从伤害，从遗忘。

从沉默，或者从现在的过去，譬如沾满祖先的时间，体温和智慧的玉。

或者击倒黑熊的圆木，解剖蛮荒的石刀。羌。

也可以是从未来。回来的起点在哪里，我的回来就从那里出发！

相当于时光倒退，重新回到玻璃杯子打碎之前的拥有和把握。

我的回来与所有回来一样，充满韵律，色彩，长度，惊险和变数。

变数使我回来的版本，方式，速度都染上鬼魅的色彩！

对，难肯定是难，犹如炼狱。但是，我愿意。

这种愿意本身就透射出无限鬼魅的影子！

为什么可以不回去？为什么一定要回去？为什么是愿意？

为什么不是不愿意？为什么不为什么？

我的回来是现在，未来，甚至从前，都是永恒的话题。

因为我不是离弓的箭，不是线，不是铅笔随意走向未知的线。

本来，也许，事实也是，我被生产成了一条线，火车一样前冲的线。

沿着惯性和山川或者时间的坡度，蜗牛一样爬行的线。

某一天，突然，我不愿意了。不想了。

被自己的一个梦，一个离奇的暗示和千年的期待扩展膨胀了。

发现可以用眼睛，耳朵，心灵穿越。天哪，那一瞬间。我被自己看到的，听到的，穿越的，那些立体玄妙的自由的转化，美美地滋润了。我消失了。

我被一束光救活了。我与光彼此欣赏，穿越，强化，并且转化！

才有了具体的回来！是的，我必须回来，在没有成为独立的光芒之前！
我要重新回到时间，回到故土，我的母亲，我的民族，我的诗歌。
就像群山重新回到大海，宇宙回到物质或者非物质。
我回到我的起点。飞翔的大地。花朵一样芬芳！

歌　声

我看见这些常年奔流血管中的歌声，此刻，
都埋下了羊角花一样向天灿烂的笑脸。
滚烫的汗水浇灌气喘吁吁的心力。
在破碎山河的长篇背景下，目光与身影，
融进举锄，下铲，挥锹挖地基的行动。

暂时忘却了山头青草上漫步的清风，
阳光下羊群飘浮湖边吸水的表情。
暂时忘怀了杜鹃飞舞双双追逐的秘密，
心跳心愿中构思鞋垫和肚兜的羌绣。
忘却了月色迷蒙中满屋子姐妹哭嫁相送，
古俗滑过哥哥肩膀背走了妹妹的一生。

忘记了雪山背后恭请栋梁回家的祭拜，
林涛默默让出一痕冉冉飘香的路径。
暂时忘记了山梁之上迎风奔放的豪情，

一座座山岭峻拔相继的兄弟情义。
扭转日月的大手融化了朵朵热恋的羌绣。
忘记了太阳激情从青稞酒中冲闯出来，
燃烧了全部的胸膛和翻天覆地的夜。

歌声在尘土灰飞不见青天的浩大叙述的下面，
一锄一铲一锹，堆土成山的挖掘和搬运。
第一块巨石垫基房屋的古典仪式之后，
水和智慧与力量团聚泥沙，层层向上粘连。
此时，歌声都化成了生命的双手，双眼和双脚，
坚定地，在一处处废墟中站起了新的生活。
新的传说，新的力量，轻轻地，深深地
将满目疮痍和伤痛埋在时间的下面，
记忆和新一天的下面。

想　泉

我知道眼前这些疯狂之后冷静下来的乱石，
深埋着一泓清澈的泉，曾经歌唱的源，
远远地，与现在甚至以后，隔着千年万年。
每一阵清风过去，荡漾浅浅的水波，
曾是那么深重地幻想过，慰藉过路人的干渴。

我知道我的到来是泉水在向所有生灵做最后的永别。
除了我，还有痴情双飞的蝴蝶和细腰身长的蜻蜓，
轻盈的小鸟顺着凉爽飞落泉边的心思，小憩，

茶马古道上幽幽生息的歌谣，
炊烟，吆喝，长长短短诱人前行的传说和胆量。

都知道这泉水在所有生命和风光中的意义和价值。
山谷沟底，岷江四面，烈烈火焰奔跑的背景下，
我们拒绝燃烧的脚步和渴望青绿的肌肤，
早已经与泉流的一生不得分离割舍了。
我们的喉咙发出虔诚、敬畏和期盼的声音，
是我们与山，与路，与天空下唯一的泉，
缔结的关于生与死，静与动的情缘。

还有什么比此刻默默怀想，独自凭吊，
更能亲近泉的慈悲，清洁一起遭受的伤痛和覆没？
——凉水井中井水凉，石纽山上山纽石！
近在咫尺的民谣，转眼，被旷世灾难推进遥远。
我知道我的到来，是这个世界更多的看见，
这山。这泉。挥手往日的美。勾销曾经的恩。

轻轻地，太阳的光芒从露骨的石纽山上抚过，
此时开始，包括重压之下暗想春天的甘泉。
新的故事将在新的毁灭之上破土而出。
新的轮回将牵引无数新的生命，蓊蓊郁郁。

祭　唤

我的心就痛了，比死了还痛。

看着身边这些朝夕相处，同浴天光的棕榈树，
从自由百褶的绿掌，到枝，到根，没有了青春血色。
我的目光深深拂过纵横缄默的群山沟壑。
这些给我风景和温饱，期待与遐思，
次第年年成熟于山间沟谷的玉米和苹果，
从5月那天下午开始，到现在的8月，
统统，纷纷，终止了走向秋天的节拍和意义。

都被这突然爆发的灾难给吓死了！
这些芬芳绿色的血肉之躯，在巍巍高山顷刻翻脸，
凶残，猛烈，肆意攻击茫然无助的村庄和梯田的
　时候，
所有钢筋水泥绝望，坍塌一座座楼房家园的时候，
所有动物被封锁，埋葬在黑色尘土之下的时候，
所有阳光和空气被掐断，击碎，销毁的时候，
这些灵魂干净的生命，都失去了灵魂。

我的泪伴着我的爱在死亡滚滚的旁边，
毫无引力地飘飞了，落进宇宙茫茫的黑。
依然纯粹的慈悲如亲人和阳光，从内心出发，
回来吧，所有绿色和金色的果实，
一切遗传和变异，崭新和常态，都回来吧！
不要死守盘桓，木然而行，长期昏死。

我的血液和呼吸穿过千层深浅的时空，

轻轻摇撼着汶川暂时忘却苏醒的一批批生灵。

羌・费孝通

冥灭之中早就注定会紧紧联系在一起，
一个人与一个民族，或者一个民族与一个具体的人，
在同一个时代，地点，同一个事件当中，
以异常醒目的而且永久特定的形象和方式，
行走在历史的舞台，向世界宣读一种强大的震撼。

这条暗自挺进在岁月底层的缄默的河流，
开端从文明的高地滔滔滚滚浩大奔涌而来，
翻卷着天空下万千的风云变幻，
竟然因为致命的内敛尊严与外在收缩，
渐渐穿出无比坚硬的地理表层和生物链条，
化石一般撑破当前岁月的浅薄，巍巍然，
静立于风平浪静或惊涛骇浪的天空之下。
一个韵味十足的发音。羌。人羊合一的文字。
羊向天行走的雪白形象与人的驯养，生存，
人的呵护膜拜，生生不息连为一体的羌。

如果愿意，如果服从历史演进的客观真相，
只需用手轻轻地荡开浮游表层的虚像，
大群大群的羊群之下，一个游牧浩荡的民族，
羌，古老得透明，宁静，天然，自足，
扭曲搏杀进攻的锐利，在头顶装饰为角，

为美，为性，为五体相通的生命图腾。

日月随水草而漫天青绿，芬芳，次第金黄，
羊以同等重要的角色和地位，进入岷山，
进入梯田漫卷山风的岁月，白石在上，
灵光弥漫在一门三楼的房顶之上，
讲诵万物之源。天与地在循环，在轮回。
适时，一个坚强的名字顶破黑夜：费孝通。
代表多数可以继续俯身仰视白石的人，
与绵虒镇羌锋村高碉上那个字。羌。金光闪闪。
一起闯过了震波癫狂，毁灭和新生的涅槃，
无悲无喜，无畏无言在太阳的环抱之中。

第三乐章　这般现实

那么，现在，甚至以后，都是一切过去基础上的
　继续，
新的前行和存在，新的表达，对于我，对于汶川，
对于羌，我都应该记住，并且鲜花一样芳香给这
　个世界，
敞开感恩的心怀，迎接这复活的永恒！

大　鸟

我看见，并且感受，感激着大鸟的无时不在！

从九万里高空飞落地面，与他的前身在一起。
大鸟是一只慈悲鸟。非常清楚自己的前世，今生
　和来世。
非常愿意在今生与来世之间想起前世。
非常愿意回到前世，看见和允许，
一些河流，一些高山，黑夜，一些路，一些桥，
　泪水和汗水，
张开细胞，风车一样转动大鸟的每一根神经。

大鸟被这种转动渲染，宠爱，左右，淹没，
直至出现挣扎，窒息，痛，茫然，绝望和愤怒。

大鸟是一只使命鸟。必然深入事物内部，思想和情感内部。
像光。像透视。像意念和想法。自由出入。
大鸟的存在是崇高的存在。历史的存在。优势种群的存在。
大鸟飞行是时间的需要。生物的需要。存在本身的需要。
创造秘境并且守卫。大鸟是一只幸福鸟。一只孤独鸟。
他被这些需要极度期待，推崇，生育而赋予无边的质感。

随时，随愿，纯粹地，大鸟需要回到大地之中。
大地有他的前身。童年。四处隐忍和流淌的脚步。
有他最早的光。花蕊一样冉冉逗引蜂蝶的香。
解剖群山的梦和具体到手的力量。
大地是大鸟的发端。给予羽毛，骨头，灵魂的宝藏。
大地每一寸肌肤每一次心跳都充斥着大鸟宽阔的目光。
大鸟愿意回来。愿意回到最早的母体和血液里面。

大地有他层出不穷的过去，现在和未来的小鸟。

他把他们无限地放大。魔幻一般，引领他们穿行时空。
引领他们看见自己，通过气流，通过感应，通过毫无中介。
引领他们从天的蓝，地的绿，宇宙的黑，寻找自己。
引领他们经过五脏六腑。微笑。坎坷。大海。进入发现。
引领他们属于世间任何一种。任何一点。任何一态。
忘记虚。小。累。空。刀锋。忘记陷阱。
忘记文字。忘记约定俗成的种种边界。
忘记幅度，高度，深度和维度。他们很轻。很无限。
渐渐接近光。接近大鸟。接近他们自我的可能。

大鸟是一只菩萨鸟。干干净净我的灵魂！

微　风

从现实和可能的水面上吹过来，带着水的光芒，水的质地，
轻轻地从树梢，从清晨，从傍晚，从微笑的唇边吹过来。

吹开舒心，抚摸惬意，微风是一把小小的扇子，轻轻地，
把花的灵魂吹到飞翔的雪白的羽毛身上，
把叶的精神吹到大地的胸口，一片一片层峦叠嶂的深处，
轻轻地，把水的情感吹进迎面金黄的每一缕霞光，
吹进雨后炊烟。山间小路上阿妹背水的眼睛里。

微风把干净的想法都吹进生命的心中，只要需要。
只要生命有着草原的幽情，生命的自由与丰硕，
流水的柔肠倒映云朵的静，天空的蓝，丹顶鹤的徜徉。
季节蹦蹦跳跳来到帐篷旁边，秘密芳香的里面。
只要有梦。有浪漫。有遐想。有爱。有青春的活力。
有思念。有故土。有民族。有国。有家。有尊严。
只要有阳光的牵引。有大地绵绵无穷的理解和支撑。
只要荷花还在。童谣。山歌。海浪。星空还在。
桥梁还在。短笛和那首即将临盆的诗篇还在。
微风都会给出小鸟的飞，小鸟的唱。亲密的吻和乳房。

微风是知情人。解情人。纯粹情人。眼里流着全部的心和情。
因为身体的干净。生命的宁静。想法的纯真。
世间的形态与味道，尺度与品种，微风都十分知道。
没有神谕。诺言。虚幻。没有千年养成的陋习。

没有伪装的道德和满面的油腔滑调。

悄然从心灵出发，经过山，亲过水，爱过花，挽着时间的手臂，

把纯粹和彻底，轻轻，轻轻地放在掌心上，徐徐展开——

不需要文字来看见。不需要四面来探寻。

不需要千山万水，沧海桑田，前世与今生的出现。

不需要！真正的微风就来了，像自己那颗洁净的心！

朝霞

朝霞进来的时候，我身体的父亲还没有醒来，

我身体的儿子早被窗外的声音吸引去了。

但是，不管怎样，我还是停顿了下来。

朝霞宁静神秘的气息漫延开来，把我埋没了。

那一刻，我就是朝霞的本身。

我看见了我的本意。犹如朝霞漫步我的世界，

轻轻打量欣赏我刚刚走出梦境的心情。

这是我内心极愿意的事情。像母亲一样，手里捏把流光溢彩的镰刀，充盈，幸福，

收割着深秋麦穗的甜美，宁静，饱满和与四周景物融为一体的种种神秘。

我再次看见了多个自己中的又一个，干净而且舒适。

这是怎样的一个机缘和生命的延展？

虽然不能完全逆向朝霞的来路，一探整个的源泉和涵养，

但是，正是因为朝霞特别的来到，装点和渗透，

我还是触摸到了时空的转化，物质的交汇，互融和升华。

其实，这样的朝霞可以是一个，也可以是无数个。

只要我愿意。

孩　子

散发草香的孩子。一出生就被阳光哺育的孩子。

花蝴蝶，小蜜蜂喜欢的孩子。干灰灰，湿泥巴诱惑的孩子。

尝着蚯蚓和小虫虫味道的孩子。满脸污垢的孩子。

被粗心丢弃的孩子。被母狼叼走喂大的孩子。

幸运的孩子。命中的孩子。无意苦争春的孩子。

寂寞的孩子。爸爸小时候一样可爱的孩子。

妈妈的爱千百遍浸透的孩子。祖先含笑祝福，注视的孩子。

花花草草需要看见的孩子。风的孩子。鸟的孩子。

孩子。孩子。众多的孩子。一个，两个孩子。

具体到一个家庭中的孩子。哭的孩子。笑的孩子。

满脸无辜看世界的孩子。模仿青蛙跳水的孩子。

雨过天晴的孩子。干干净净的孩子。粉嘟嘟的孩子。
大眼睛孩子。乖嘴巴孩子。颤巍巍起步的孩子。
拿着脸盆学习爸爸洗衣服的孩子。乖的孩子。
伸开双手飞向怀抱的孩子。幸福的孩子。安全的孩子。
众多眼光培育，喜爱，期待的孩子。
大地的孩子。民族的孩子。国家的孩子。
木棍撬动地球转向未来的孩子。
不多不少的孩子。天真到家的孩子。

与飞雪凌冰在一起欢笑的孩子。没有时间的孩子。
与动物植物没有界限的孩子。奔跑的孩子。
自言自语的孩子。不想回家的孩子。被目光制止的孩子。
被打痛屁股和手心的孩子。失去兴致的孩子。
味如嚼蜡的孩子。找不到童年的孩子。
被电视牢牢锁住的孩子。被楼梯和铁门拒绝的孩子。
穿过长长冷落的孩子。眼睛长满星空的孩子。
回避自己的孩子。我的孩子。痛中呼唤的孩子。
失落的孩子。紧闭双唇的孩子。埋头吃饭不看饮食的孩子。

穿过阳光的孩子。走向反面的孩子。不可思议的孩子。
江流的水面牵引目光和心思远行的孩子。大眼飞出泪花的孩子。
被众多文字奴役的孩子。被牙齿和声音击落想象的孩子。

被严格要求惩罚的孩子。看不见世界可爱的孩子。

总是被困惑与哲学拷打的孩子。在墙壁上画满天窗的孩子。

伸手风雨的孩子。种族的孩子。希望的孩子。

浑身印满叮咛与规则的孩子。快乐的孩子。捉水蛇的孩子。

掏鸟窝的孩子。用石头和木棍书写大地的孩子。

没有个性的孩子。四处寻找个性的孩子。孤独的孩子。

山的孩子。水的孩子。沟谷中的孩子。乡村的孩子。

被更多优势和宠爱不停浇灌的城市之中的孩子。

同时同代并不同在的孩子。被无形的铁丝网分割的孩子。

骨折的孩子。被鹰喂养的孩子。坐上帝王宝座的孩子。

悄悄撒尿的孩子。游戏智慧的孩子。勇敢的孩子。

牵手爸爸闯出地震的扼杀的孩子。我的孩子。

让妈妈放心不下的孩子。人见人爱的孩子。聪明的孩子。

心上的孩子。血液之中诞生的孩子。刚来世间就被罚款的孩子。
期待幸福、健康、快乐和创造的孩子。全新的孩子。
泉水一样的孩子。必然成为未来祖先的孩子。
所有的孩子。居然走进线条的孩子。方形的孩子。
塑料花一样廉价通俗的孩子。盗版的孩子。
我想听到有声音的孩子。遥远的孩子。今天的孩子……

面　世

我面世了。阳光，雨水和需要的结合。空气和事件。
天和地。必然和偶然。五谷和民族。具体的山，具体的水。
具体的一个事件，一个出口，一个季节，一个要命的时刻。
我面世了，非人的意志为转移。是未来急于面世。
是生命重力的加速度，是文明的引力，地狱和天堂。
不在我，不在家族，不在穿长衫说羌语的母亲。
不在神树林中一声声撕裂自我的忘情的蝉。
萤火虫的星星飘在很静、很高、很黑的夜空。

眼睛里荡动的第一声啼叫，是一个个祖辈需要继续的呐喊。
嫩嘟嘟圆乎乎的骨肉是苦菜、胡豆、洋芋、柴胡，
寒冷和坚持，是快乐、鸟鸣、晨光、山路弯弯，是雪白的羊群，
是麻布，是火塘，是神龛的目光，是放歌的手。
是泉水的芬芳。我的母亲和父亲。
一座大山，一个村庄，或者无数群山，无数村庄，
无数江流极其普通的一次外化。我面世了。羌。
我是运动的山。我是喧嚣的河。我是村庄。我是我。
是青稞酒、火烧馍、煎鸡蛋、腊猪蹄飘起的香。
母亲头缠的布，像一盏明亮的灯诱惑着我。
诱惑着我的饥渴，需要和成长。我不停地走进母亲。
不停地经过母亲到达这个黑黢黢的，总会逐步光明的世界。

哪里知道命运中青藏高地的力量，牧羊远祖的曙光。羌。
草原雪峰的高度，白石灵光翻山越岭的祝福。
哪里知道大地在飘逸。水草已经走远。羌笛呜咽的呼唤。
哪里知道长河落日滋养的故乡！羌。如此遥远，而且漫长，
穿过甲骨文3000年的潮湿、阴暗、仇恨的刀痕，刻进我的一生。
化入骨骼，血气，梦想，或者肩头。意义。使命和命运。

哪里知道烟云缭绕的千山万水是我。庞如梦幻的族群是我。
哪里知道始祖木姐珠从天庭走来。歌舞的莎郎姐从云朵走来。
神话一样的族群从天上走来。羌。咚咚的释比鼓是必经的桥。
羊毛线、毡子和白石头，是温暖身体的一个个源头。
咂酒背景下，或缓慢或低矮，或急速，或暴风骤雨的释比念词。
从火焰到熄灭，从静止到心神的飞翔，从深刻到被风吹散，
等等都应该知道。事实也是，我全部知道。

只是我不会开口说话。不会说可以直立行走的话。
压倒一切的话。前世化今生的话。烟云四起，尘土飞扬的话。
祖先眼睛里雪白的话，芬芳的话。心的话。天的话。
土地一样，火山一样，种子一样的话。
不会借物，不会暗示，不会开放成一朵蝶飞蜂绕的花。
但是我清楚村庄与山谷的距离。我与时间的距离。
与母亲背后多重遗传的距离。儿子的距离。
一碗饭的距离。一段文字，一个传说的距离。
被一群时间撕咬的距离。被更多世界想念或者抛弃的距离。

我面世了。羌。穿过想法。虫。鸡。鹤。长颈鹿。
穿过恐龙，穿过三叶虫。穿过一穷二白。宇宙的静。
不早不晚，恰到好处。我面世了。羌。
直至融进太阳，大海，群山，土地的里面。
幸福而且痛苦。短暂而且优美。充满感激，充满一切。

总

总有一片土地起伏宛转，山河漫漫。
总有一片阳光润泽大地，四处生长万物朗朗。
总有一团火焰不屈不挠，烧去岁月无穷的风寒。
总有一幅永恒的画卷在生命中用心描绘。
总有一条河流若有若无，默默流淌天地之间。

总有一棵大树顶天立地，笼盖历史。
总有一粒种子播进最好的土壤，收获最好的等待。
总有一片金黄激荡内心的深广。
总有一腔赤诚复活一个族群的荣光。羌。
总有一首诗歌抒情在时间河流的中央。

总有一片家园升起炊烟，打开门窗，迎接天光。
总有一个故事孕育村庄，繁荣不同的梦想。
总有一个广场盛开族群的力量。羌。
总有一家火塘留着当初的火种。羌。

总有一块白石走进心扉，传递宇宙的光芒。

总有一个神话锁在心中，踌躇徜徉。

总有一个女人捧起我的忧伤，为我轻轻歌唱。

总有一个春天等着我绽放，等着我的芳香。

总有一缕月光晶莹大地悄然凝望。

总有一声呼唤，我走南闯北都不敢遗忘。

总有一座山，一片草，一朵云停泊河流的源头。

总有一对天鹅飞过遥远，飞进高原湖泊的心上。

总有一个天宇，一片大海锃亮每天的朝阳。

总有一匹骏马驰骋宇宙的疆场。

总有一颗心永远眷恋这世界的广袤与富饶。

总有一个不朽的灵魂闪烁在时间和空间的多重。

总有一口饮食供我呼吸，营养，不停地幻想。

总有一簇亲情陪我奔忙，或者黯然神伤。

总有一句乡音撩动我心楚楚张望。

总有一个姑娘夜夜出没我的梦乡，满目生香。

总有一个信念拨亮我青春的灯火，永远的梦想。

一泓泉流深深浇灌我灵魂的土壤。羌。

解　蛊

蛊是一种元素。以前只知道蛊是毒。其实，蛊是一种原料。

只要用好尺度、分量、时机和情感，蛊就不是毒。

蛊可以是药，可以是酒，是剑，是传说。是帝王的眼光。

解蛊就是打开蛊。打开眼光寻找里面的灵魂。

看见了吗？你是蛊！你是我的蛊吗？我需要你！

我说的是今生，现在，不是来生，前世。我经过蛊。接受蛊。

理解蛊。是蛊让我发出声响，现出文字的原形。

也可以说，我是中毒了，为蛊而惑。我有蛊的能量。

蛊是什么？是力，是气，是场，是心理。是超常。是梦。

因为蛊，我的身体一天天折射出天空和大地，江流和村庄。

岷的江与山。青的海和湖。雪的山与花。祖的远和宗。

起初很小，很重，很笨拙，就像翅膀下面吊着巨石。

根本没有起飞，翅膀的欲望和憧憬全被压在了巨石下面。

这时候蛊出现了，即使很少，很轻，但是天变了。

随着蛊的增多，温度的上升，翅膀轻易挥动。

包括脚下众多的路，背后的山，山里缥缈的烟云和传说。

然而因为蛊得不深，不广，我的起飞常被岩壁、荆棘和弹弓击落。
显然需要更多的蛊的本意，作用，含量和配方。
需要血液和生命的调和。情感的培育。
更需要血脉遗传中的牛和羊。鼓声中释比流传不息的吟唱。
在时间和心灵交织的大地和家园上，我深入蛊的全部。
不是占领，也不是陷阱。蛊的魅力在于痛。
在于无限。在于自由的转化。升华。反复地给予。

你，蛊了吗？我的未来。

真　相

不可阻挡的是，我在接近一种真相。
不是线性、球形、平面的真相。
不是习惯性的真相。
也不是期待和群体的真相。
不是常态的真相。
我接近真相是全新的真相。
没有褒贬，没有性别和尺寸的真相。
不局限于现有一切的真相。

作为一个人，我首先接近的是我自己。
接近我自己皮肤的两个面——里面和外面。
里面是我生命的全部。

是我的筋骨、血液、肌肉、细胞、脾脏、肠胃
和血管，
以及由此引申开去的情感和思想，道德和本能，
知识和修养，
乃至这些物质和非物质的种种变化，神秘不定
的可能。
以及这些变化和可能的一切存在。
我的外在与内在的抽象和具体，是我区别他人
的元素。
而外面是众多无法确定的条件，
是皮肤里面一切赖以生存的依靠，譬如天气、
风和温度。
譬如山水和日月，譬如季节、社会、书本和
饮食。
田野和田野上的房屋。自然或者金钱可以创造
的风景。
钢铁和手机。所谓的先进与落后。甚至其他。
信仰。国度。民族。领空。格局。等级。
我的外面比我的里面更多，更恐怖，更有趣。

更重要。因此，常常，我忘记自己。我是谁？
我在哪里？我经常找不到我自己。
不分昼夜，总有一种声音在喝问：我是谁？我
是谁？
一旦离开母亲的手臂。离开最早的土地。
一旦离开古老的怀抱。离开羌。离开羊的崇拜。

一旦离开血液中熟悉的遗传和必需的基础。
一旦离开情感浇筑的道路。我的茫然将不断增大。
不断加重。却被新假象更加有力地牵引。离开。离开。
连自己都不明白为什么被牵引?
为什么离开?为什么这样?
为什么要继续朝着那些越来越多的不确定走下去?
无限的茫然淹没着我的呼吸,我的心跳。
这样的过程像飓风。像炸弹。像毒气。
我感到毁坏和窒息。我必须做出第一个回答。
我是谁?我到底是谁?羌。

我是谁?无数次沉默中我在扪心自问。
我在大声高喊:我是谁?羌。
为什么?为什么我有这么多的不安心?羌。
为什么又去选择最早的起点?为什么要背叛最早的起点?
前所未有的痛,我感受到了皮肤里面和外面的撕扯。
这样的质问和叫嚣让我身心极度疲惫,而且绝望。
渐渐看见这透明的皮肤将要包裹不住我了。
就在千钧一发的瞬间。多么及时而精确。
我终于听见自己,仿佛天神轻声地说:
你会。你会找到你自己的。不急。不忙。
因为你已经看见了你自己。
我终于听见自己,母亲雨露一样的甜蜜:
你能够找到你自己的。不乱。不慌。
只是你暂时不能够确认你自己,不敢相信你自己。

天哪！居然这就是真相。不能确认？不敢相信？
我与自己分离太久了。我必须与自己合二为一。
我必须与祖先和儿孙合二为一。
必须慢慢习惯自己的回来。
慢慢接近自己。
逐步看见自己，虽然还不能全部看见，
（太多的烟瘴从生命的内外眷顾着我！）
但是，冰冷的夜晚已经过去。
可怜的孩子找到了自己。
多么值得歌颂、记忆和庆贺的发现。
我为自己留下了激动，悲伤而且感激的泪水。
终于没有丢弃自己。终于看见了自己。
在这样一个星空翻腾的历史要点。
我终于回到真相的里面。天哪。羌。
我还可以继续延伸更多的可能。
即使这仅仅是开始，我和我的方式的开始。
羌。

我很急

秋天就要来到，背后还抵着一座宽大的雪山。
我很急是因为河流还在流浪，还没有回到我的故乡的渴望。
我很急是因为衣服还没有回到张望的手上或者身上。
那些粮食。传说中的未来。梦中照亮泪水的声声呼唤。

都还没有回到诗歌的心上。

我很急是因为时间这片绿色的叶子正在枯黄。
我却还没有调好颜料，没有找到画笔，没有找到眼睛里面的构思。
我的一点遐想还没有离开生育的孕床。

路上的干土走过沉寂，预谋着暴动。
秋天就要来到。而我还在瘦骨伶仃，频频张望。
哪怕出现最少的人影，我也不会这么着急。

我怎么能够不着急?
你是一个有祖先的人，有众多平行温暖的人。
你是一个不愁儿孙满堂的人。
而我没有。我什么都没有。

这样的秋天一旦到来，雪山下的春天还有什么用?

骏　马

因为追逐一阵风的哗哗哗地流淌，
因为穿山越岭，年年，渐渐，步步地深入，
因为山涧雾岚与森涛滚滚的昼夜挽留，
因为悬崖峭壁之上羚羊翘首沐浴晨光的神韵，
骏马，远远地离开了我的双手，
早早地离开了我的尚未成形的飘扬的牧鞭。

因为泉水般的传说涌出羌碉下的心窝，
因为纵横交错在命运手心的千丝万缕的山路，
因为层层梯田翻山越岭追踪村庄的情意，
因为布谷鸟声声吟唱秋风金色华贵的闪烁，
骏马，驰骋大地梦境的骏马，渐行渐远，
原野绿草一样奔向冬天，渐行渐小，渐无踪影。

因为玉米嫩嫩黄黄探头春风，牵手槐花的痴情，
因为灵性石头一块一块耸起脊梁支撑天空的魅力，
因为海风徐徐降落的点点甘甜，荡动丛丛山庄，
因为长驱直入的寒冷被雪山抵挡，凋零，融化，
骏马，来去遥远的骏马，一鞭子稍不留意，
就铿锵到血液的里面，生命的深处，永不出来。

神羊指路

我看见从远古或者干脆从未来走来的一匹羊，
站在银光沸腾的岷山之巅，青铜一般，
面朝东方或者天堂，
四周簇拥着寓言一样青葱俊秀且激动的群山。

谁都明白这是一场即将的祭祀，气氛古典，
完美的羊角，遥远地顶着丝绸一样蓝的天。
羊，一旦沐浴了神的启谕，
唯有指路，才能扭转炊烟的渐行渐远。

羊，高高在上，奔跑在时间之上，
也在人影散乱的脚底，死死抵住下沉的大地。
羌，进入到自己的人格，体魄和血香之中，
远离支离破碎而彻底红润了气色。
羊，依然是羊，通体雪白而一言不发。

人

人和人是不同的。因为人和人之间的眼界，层界和境界是有差异的。
而事实上人和人是相同的。人和人是相通的。人和人是一样的。
人都是感情，灵魂，五脏六腑，遗传，骨肉，光芒和微小时空的结合。
人都是白菜，石头，花朵，果实，空气，磁场，压力和天地海水的组成。
是另样一棵树，一株草，一只野猪，或者另样一座山峰的区别。
一片草地。一顷湖水。一匹马。一颗发光的粮食。
被薄薄的一层可以说话，可以收缩，有表情，有温度的一层布裹着，
向另外一个时态转换，向另外一个空间搬迁的过程。
所有形态中互相替代转化的一种形态。可以复制。
可以啪的一声，像砸核桃一样被瞬间敲碎，进入另外多种形态的过渡。

分解成风。分解成多种碎片。分解成水和泥土。云和思想。

循环到运动，变异，再复制，多重，多态的宇宙时空。

人只是一个形式。一个外在。一个念想。一次经历。

从头到尾，人应该是美的。干净的。五彩缤纷，敞开心怀的。

但是，因为呼吸和速度，眼界和层界的差异，人开始四面流动。

相互消化。抵触。封锁。在一层布下表面承认，内部窥视。

开始饕餮。防守。画出长度，高度，密度。开始强化。开始沦陷。

开始混乱。开始互相忽略。彼此咀嚼而不变声色。

被共同的不愿意所蛊惑，驱使，奴役，仿佛浑然不觉。

故意糊涂。麻痹。挖出千山万水的路程。千辛万苦的滋味。

居然，成了共同的遗传，融入血性。

多么悲伤。我看见了人的局限和可恶。

同时看见了崇高和牺牲的遥远。也在身旁。

仿佛看见了自己。自己的语言犹如花香。

花香不是自己的。是大地的，太阳的，是宇宙本身的。

我只是我。众多中的一个。与你一样的人。

是思念让我的脚步越走越慢。我不知道我的源头是否还好。

我想回去。回到蝴蝶游水的阳光的那个正午。那个静。那个香和暖。

风的手指深情，反复地滑过我的脸庞。我眯着眼睛看天空。

听见风在对阳光说：这孩子真是可爱！

汤

我喜欢汤！

炖汤！膏汤！用心情，泉水，调料和草药，

与某一只我愿意的动物的一切，慢慢，细细，绵绵，综合熬制的汤！

可以看见所有具象来源的汤！

更愿意离开那些被数据包裹的具象或者物种！

我喜欢汤，因为她不给我累！

我要感谢汤在我身体中发生的全部作用和意义。

感谢汤的由来。感谢汤的目的。汤的雅致与悄然深广。

汤的父亲和母亲。汤的第一天面世。

汤走过的长长的时间和一遍一遍期待的温暖。

那个上午，或者下午，也可以是阳光正多的正午。

汤被强大的，遗传的，遥远的需要所召唤，暗示，预备和孕育。
飘着光辉，勾着心尖，气吞山河地出现了。诞生了。
汤。成了世界的一个部分。需要中的一个重要。

所有的豪情万丈，暂时退去。所有的身体外面的精彩，暂时退去。
身和心都静止下来，干净下来，面对这汤好好进入。
详细欣赏天地赐予我的特别的偏爱。独一的最美的汤。
整个时辰酿制的人生的汤。文学的汤。艺术的汤。哲学的汤。
理想的汤。救护和医治病痛的汤。灵魂的膏汤！里面可以有，譬如
《诗经》305首这个数据或者实体。马尔克斯的《百年孤独》。
金色眼睛凡·高的《向日葵》。但丁演唱不休的《神曲》。或者鲁迅。
或者沈从文。阿来。苏轼。齐白石。徐悲鸿。王羲之。
或者故宫。或者洗劫一空之前的圆明园。地宫。
乞立马扎罗山上的雪花。希腊的宙斯和他的奥林匹斯系统。
夸父逐日走过的黄土高原上飘起来的花儿。诺

贝尔。
黄河大壶口瀑布上的中国乐章！

汤。完美主义的集合。艺术人生和造物主的奖赏。
我爱！
我爱汤的眼睛走过千姿百态的时间。走过海水。走过龙的传说。
走过火山和云雨。走过星空的遥远和具体的分布。
毫不隐讳我爱汤的组成。汤的一切，包括烫。包括尖锐的冷。
包括一步一步穿过金沙和三星堆旁边的蜀锦，徐徐而来的约定。
汤，从餐桌上走来了。从太平洋对面的中国走来了。
我喜欢中国的汤。我爱中国的汤。
中国的汤包罗万象。包罗宇宙的期待，许诺和不可预见。
中国的汤，最美。我的汤，最美！我爱我的汤。
我肯定什么都带不走。肯定什么都留不下。
因为汤，我如汤。我理解汤经过并蒂莲花的全部的香。
汤的话。汤的明媚。汤的柔美和汤的进取。汤的唇。
汤的心。汤的阳光和大地让我孜孜不倦！

唤

一株绿草摇着手臂在故乡的眼睛里唤我。
几片走动的云，在故乡的衣裳上唤我。

羊群后飞翔的童年在故乡的记忆中，切切地唤我。
一脉沉默而双眼微闭的山脊在故乡的大地上美美地
　唤我。
水蜜桃在唤我。夏日阳光中蝴蝶相会的泉流在唤我。
妈妈从煤油灯光后背端过来的红红的火盆在唤我。
爸爸醉酒的春联和珠算。左右开弓的九盘经。十三
　盘经。
哥哥砍下的松木在我用力的身后呼呼行走，在唤我。
滴水岩下那一滴冰浸到心的甘甜在唤我。
布谷鸟声打开的梯田在唤我。
雨后草坡上一个一个顶着新土的蘑菇在唤我。
悬崖边的山道上，夕阳西下归来的山歌在唤我。
玉米酒的絮状和煎鸡蛋焦黄的脆香在唤我。
第一缕晨光前的狗吠和懒腰在唤我。
金麦子在唤我。杏。梨在唤我。
从嫩而墨的椒树。青而青红，鲜红的花椒在唤我。
烈日下的采摘。花椒树荫下席地而坐的野餐在唤我。
唤我。我的诗的归来。归来。故乡在唤我！

干枯多年的荒山在唤我。四处流浪的流水在唤我。
破落的学校在唤我。被篡改的道路在唤我。
越来越瘦的苹果树和梨子树在唤我。
失散多年的乡音亲情在唤我。
不太清晰的手机的通话在唤我。
廉价西装在唤我。新建的冰冷的砖房在唤我。
一个个匆匆躲闪的身影。一双双遥迢的目光在唤我。

枕臂而卧在大石之上的牧羊少年在唤我。
唤我以突然。骤然。
悄然。猛然。赫然。涛然。寂然。茫然。渺然。

故乡唤我以漠然！

痛出来

我必须将你捉住。痛出来！痛，你出来！
你跑不掉了。我已经决定了。我一定要将你现出原形。
我知道你的隐秘，多态，多端，我都将你一一捉拿。
痛出来。出来。出来。像脓，像毒一样，出来！
多刃的眼光会消退。掀天的海浪会平静。
暗淡的天日会蔚蓝。失踪的肝胆会回来。
痛出来。现在。出来！必须出来！

从卑贱。从压抑。从羞辱。从空无一物的等待。
从时间无限而生命有限的无奈。从不肯放手黄金的欲望。
从破破烂烂的家当。从直不起腰杆的炊烟。从偏僻。
从落后。从看不见自己长度，厚度，深度和风度的盲眼。
从祖先浩浩荡荡的远去却无一句遗产的历史。
从面积不大的胸膛。从视线很短的行动。
从高大想法被小石子击伤的体验。从干旱。从咬紧牙关。
从颗粒无收。从日渐萎缩的故乡。痛出来。
从尘烟四起的疲于奔命。从无足轻重。痛出来。
像血，像泪一样，痛出来！痛出来。

从疾病的身体里面。从受污的灵魂里面。从黑夜。
从无助。从抛弃。从一浪高过一浪的口号。从牛圈。
从驱赶。
从童年被泪水浸泡的角落。唾沫横飞的蔑视。父亲
被吊打的镜头。
从随处被罚被欺的无辜。从人性潦草的年代。从瞎。
从聋。
从母亲拖着瘦长的口袋走遍社场白昼的细节。从饿。
从排挤。
从低矮的天空。从哥哥被熟悉的谁打断呼吸的瞬间。
从每天喂猪的洋芋里面抠出早饭或者午饭甚至晚饭
的记忆。
从劣质好心指导母亲把配肉浸入泔水煮熟吃的臭味。
从恶意塞给弟兄姊妹心口的眼泪汪汪。痛出来。
痛出来。像心，像肝一样，痛出来！

从茕茕独行。从放弃祖宗。从母亲熄灭的眺望。从
少年泪光。
从九月无人授衣的空旷。从何草不黄，你不来的诗章。
从九死一生的高考。从生命不能承受之重的担当。
从诺亚方舟离开族群的上午或者黄昏。从稀疏遥远

的祖业。

从甲骨文中被殉葬的那个文字。羌。从毫无线索的集体无意识。

从矮小的骡马。焦黄的语言。倾斜的眼神。从井底。

从水泥密封的村庄。从羊皮鼓呜咽的白石。从陶的死绝。

从麻布的自暴自弃。从土墙轰然沉没的惨叫。从扭曲。

从隐性坍塌的大陆架。从儿子远离父亲的轨道。

从直呼其名到涂满色彩。从温暖散尽。芳香散尽。

从毫无防备的大地震。从无处可逃。从齐天深的绝望。

从敞开的门扉被风沙埋葬的心！痛出来。痛出来。

哎呀呀呀！痛出来。痛出来了。痛！痛！痛！

一点一点离开我的身体。像毒，像脓，也像黑。

转　化

一缕空气需要说出。一朵鲜花融进了看见。一个人。一片月光。

十年生死两茫茫的母亲转化成了儿子梦醒后茫然无语的泪水和习惯。

越走越远的背影，越陷越深的童年，古老歌谣淹没的翻山越岭，

擦肩而过的枯黄的乡音，汗水喂养的洋芋和苹果，转化成廉价的苦和涩，
一年一年，一遍一遍，敲打着我孤独而且不知归宿的前行。

巨大的海浪迎面砸来，瞬间，转化成凌然而行的矫健。最好。
大地转化成粮食。岩石转化成房屋。冰雪转化成春天。
飞刀剁进的细枝嫩叶，转化成一杯薄酒，临风酹江。
群山转化成友谊。毁灭转化成重生。泪水转化成早出晚归。
灾难中遮天蔽日的尘土转化成花肥。农田。水果。
儿子转化成旗帜。阳光。雨水。江河投奔大海的继续。

亘古的苍凉转化成六月金黄辽阔的菜花，一大片一大片。
与蓝的天，白的云，绿的草，飞的鹤，走的人，静的牛羊，
奔的骏马一起，转化成天堂的风景。人间的传说。神秘的理由。
追寻的线索。牵走爱情的小手转化成忙碌之外的美和好。

偶然转化成必然。陌生转化成相视一笑的甜蜜。
　反话转化成正话。
无转化成了有。喜鹊转化成玫瑰。静转化成动。
　死转化成生。
回忆转化成幸福的涟漪，在风中雨中传递。
绝不可能转化成了怎么都能。都行。
天空垂下最好的阳光一道又一道，让大地受孕，
　让草木分娩。
诗歌转化成了大气。一双双眼睛失去挑剔而粲
　然美丽！

还有什么比这般详细的转化更能拯救一个人的
　命运呢？
一片秋叶从三楼窗前经过，把大雁的羽毛转化
　成一封燃烧的信！
经过信的体温和细节，我深入到灿烂阳光的里
　面。真好。

愤　怒

我愤怒是因为我看见了有枷锁套在我的脖子上！

而且我知道，这是我一出生，甚至尚未出生，
　或者可能出生之前，
牢牢地，早就被套住了的，终生都不能解除的

枷锁。
我的愤怒几乎到了绝望的地步！
我大喘一口气，看一看四周。风和日丽。
匆匆忙忙。井然有序。仿佛什么都没有发生。
我又喘一口气，再喘一口气。希望自己什么都没有看见。

但是无论闭眼，还是睁眼，这枷锁总是出现！

首先套死了我最好的母亲，就在母亲走近我的时候。
更心疼的是，我还看见了每一个亲人都有！
每一个大人小孩上都有。这无情的枷锁。
绝对，残酷的枷锁。我想挣脱它！
我不相信生命会是这样的无辜。
当山色苍白的时候，我再一次看见。
山河的脖子上也有这枷锁。
我早已放弃的故乡的脖子上也有。

大地上每一块诗意的土地。尤其是奔跑在后的，纷纷勒死！
现出生前并不可知的模样。仿佛是轮回中的一种模样。
包括我的眼睛前进的速度，领域，层面和角度。
都有枷锁。都有逃不开的枷锁。隐形的枷锁！
一直牢牢套在一切事物的脖子之上。

包括后来出现的书。电脑。
整个南极洲。
甚至地球。

我愤怒是因为我看见了我的心灵也被枷锁套住了。

我看不见自己！经常违背自己。迷失，远离和伤害自己。
这枷锁甚至套住了我的语言。我的修饰和想象。
我的创造和爱。本来可以更美，更深，更广一点。
本来可以更持久，更确切，更仔细一点。
更多项。反复。完整。更跳跃一点。
都不行。都被这无形的枷锁套住了。
使我和我们都无法更多。无法更美。更香。
更飞翔。更崇高。无限。自由。更激情。
更接近人本身。物本身。天体本身。神秘本身。

我愤怒是因为我没有能力做好这一切，
而只是一味地愤怒。愤怒！

我

终于拆去了心灵的围墙，允许着外界的进来。

首先是不同的声音。猜测的声音。鄙夷的声音。
鸟的声音。花的声音。流水的声音。阳光的声音。

像散步。像回家。像必然经过的一道程序。
渐渐进来了老年的声音。儿童的声音。
你的声音。她的声音。美的声音。心的声音。
庄稼的声音。炊烟的声音。祖先的声音。
火的声音。智慧的声音。良知的声音。理性的声音。
一步一步从历史和现实之中走来。吻的声音。
笑的声音。舞蹈的声音。绿的声音。蝴蝶的声音。
全部白天和黑夜的声音。彩色和黑白的声音。都进来吧。

接着进来的是不同的时间。影子的时间。桥的时间。
茅草的时间。昆虫的时间。大象的时间。恐龙的时间。
山顶洞的时间。地下水的时间。白天的时间。
笼子里的时间。心灵外面的时间。多的时间。少的时间。
长的时间。方的时间。具体的时间。本质的时间。
没有方向，其实就是到处都是方向的时间。
森林的时间。群山苍茫的时间。云朵飘逸的时间。
蓝色天空下面大江大河的时间。溪水的时间。
泉的时间。涧的时间。路的时间。村庄的时间。
斧头的时间。爱的时间。一遍又一遍死去活来的时间。
海的时间。大地的时间。无法衡量的时间。
可能的时间。孤僻的时间。曾经被羞辱，被打击的时间。
包括与它无法分割的空间。星空的时间。

罪的时间。惨叫的时间。泪流满面着低头忏悔的时间。

然后是行动进来了。起初的不适应。尴尬。试探。好奇。

脚步渐渐打开。香寻找着花朵。水拥抱着鱼儿。

游魂回到每一个具体的生命和呼吸。大海回到溪流。江河。

冰川回到瓦解之前，回到尚未形成之前。船只回到港湾。

语言回到意义的本身。阳光回到心里。被救助。呼唤。

手顺着需要幸福地创造。拿出。给予。升华。转手。

运动的温暖散发出金色的微笑。微风传递着心香。

人生失去形态，融进了花园。云旁边的翅膀。

音乐融进了破碎。舞蹈挽救了孤独。孜孜不断。

并且，我看见了大山与平原的交谈。泥土与岩石的交流。

冰山寂然化成原野的胸膛。熊的牙齿化成深深的吻。

放下的拳头散发五谷的鲜香。一盏盏带刀的眼神纷纷熄灭。

夜晚收起恐怖和陷阱，现出妈妈的慈爱。童话的美!

顺便是我的伤害。我可以。我愿意受到伤害。

因为我有经验。我不怕。既然这个世界还有剑。还有石头。

既然这个世界还有许许多多的武装和围墙。

我也绝不反悔，因为我确实已经撤去了所谓的围墙和武装。

我已经习惯了没有阻拦与分割的想象。我已经习惯了实际的做。

直至每个人都成了云天下垂直分布着生灵的群山。

群山之外鸟儿歌唱着的海边的稻田。北国梅花。

水乡荷花。甜甜梦境。直至一切没有形态。只有里面的心。

相互欣赏。穿越。彼此成就。清晨还是清晨。你依然是你！

那　时

一

那时，我就看见了一群马力十足的火焰，完成了最后的集结，

在岷江上游，群山正下方，毫不否认地开始出发了。

毫不掩饰地出发了。那时，我一定是在最后一秒逃出，

最后一秒背叛我的岷江，我的岷山，来到熊熊烈火的外面，

像吃冰激凌一样，近距离观赏这一场浩大的火光焚烧的欢歌。

近距离品尝家园走进神话的滋味。如此幸福，而

且焦臭，
毫无保留，我应允着这纯粹的火光吻去我痛彻心扉的泪。
让这比太阳中心还高一千倍的温度，把我吸干，
让这比光速还快一万倍的速度，把我熔解。

那时，我的脑海犹如岷山大地的脑海，一片火光。
一苗绿色，一缕炊烟，一点可能性都没有的光。
光。光。光。
光。

二

此前，我一定是有所表达或者提示过的，因为我确实看见了。

我说。早先有一只手已经摘走了群山的一半灵魂，
那是在秦朝李冰的时代，他首先继续剥光了群山的衣服，
此前，还有那个治水英雄辐射开去的前后几个朝代，
或者从姜维城石器，从营盘山陶器，从剑山寨骨器开始，
顺着时间的河流，一路漂流而下各个朝代，
各个村庄，各个田野，各个刀耕火种，各个具体的攫取。
那些漆黑的柴垛，一座山一座山地搬运，燃烧，
比生长的速度和幅度都大上一万倍的抽血，

连鸟鸣也吃光的做法，一直延续到汶川大地震的
　前前后后。

现在这一只手，又在摘取群山另一部分灵魂。
所有歌唱的源泉，水浪，四季轮回滋养的灵魂，
那对河神无比的敬畏，那在河边诗情的等待和
　约会，
那梯田中细细滋润和甘甜激荡的清风，
顺流而下，顺流而上的岷江鱼一代代的恋爱，
与一朵朵化石经过冰川打磨的全部秘密，
已经被这些重吨的水泥和钢筋，一次一次，一年
　一年，
一台接一台，一环扣一环，锁链一样，台阶一样，
在渐渐低落的群山的目光和沉闷呐喊的声音中，
从隐藏天机的地方洞开一条条隧道，按死，封死，
　闷死。
这些倒映苹果成色，花椒颗粒，玉米干劲，麦子
　想象的云和水，
被灌装之后，带进机器的里面，少数人腰包的里面，
更多人的种子，呼吸和梦境都无法传递的里面。
几千年未来的里面。齐展展被这只恶毒的黑手所
　斩断！

三

这阴险的手。钢铁的手。披着时代外衣的手！
给予村庄一些短浅的目光，就可以与群山对立

的手。
我要你千年前一样立刻停止下来。千年后一样迅速死下去。

要你离开！你这魔鬼的手！掐死我孩子家园的手！
从我祖先心血开凿的家园！我要你离开。现在。马上。
停止你的利润。撤销你的饕餮。掩埋你的卑鄙。
终极你薄薄的微笑下面深藏的奸诈与残忍。
迅速离开。从人类的目光中彻底消失。
没有谁喜欢你披着阳光的外衣，肮脏黑暗的行径。

永远不喜欢。永远警惕你这无耻的手！无形的手！
糖衣一样伸进我的胸膛，我的心脏，我的岷江，我的高尚，
想哄骗摘取我的眼睛，我的品质，我的警惕，我的智慧，
这可能吗？你这浅薄的，钢铁的手。无血，冰凉的手，
我有一双先天看见的眼光，一副可以说出的胆量。
是的。我是第一代看见。第一代说出。
第一代呼唤。需要第一代之后更多代的看见，
更多代的说出，更多代继续家园的责任和理想。

需要更多代的炊烟，在同一广场上跳起同一的莎朗！
同一的精神抖擞同一的衣裳，埋葬同一的忧伤。

肥沃同一的土壤，收获同一的祖先，同一的荣光。
我们需要。锅需要。火塘需要。遗传需要。
以前需要。现在需要。未来一样需要。

不——！
为什么不像大地震一样彻底性地说出这个字？
身边的这些睁着眼睛，茫然流泪的家园，
勇敢一点，与我一起说出这个肯定的字：不！

四

不允许。不同意。不支持。不帮腔。
不麻木。不苟且。不随风飘摇！

现在，首先是我自己。然后，我的家。然后，我的族。
然后，我的文字。我的法度。我的音像。
我的超度。我的转化。我的来。去。
我们的来和去。不取消白云访问故乡的来和去。
以前，故乡经常看见海的温度，海的辽阔和天空的温柔。
经常看见星星照亮小路的脚步。妈妈伸开的怀抱。

而现在，星星和妈妈一样，忙着迁徙。
忙着不停地困惑：我们的祖先安放到哪一片未来？
我们的子孙转运到哪一块飘逸的现在？
我的语言。我的羊皮鼓。我的羌碉。我的羌笛。

我的刚刚确立的遗产。我的心！我的羌！
都往哪里搬迁？哪里搬迁？

有吗？这个世界还有这样的空地，这样的闲心吗？
像天堂一样，等待着我和我们的重新安置和开始。
尤其现在，大面积的火焰已经从地下出发。
大面积的群山已经呈现出了柴火的形象。
谁能够用血去制止这场永久的火焰？
谁能够用命去完成这命运的改变？
谁能够啊？我的天。

裂的碎片

瞬间分裂之后，裂的碎片纷纷扰扰。带着各自的忧伤。
各自的梦想。各自的痛。一系列的未知与可能。
坠向新的领域。新的开端。碎片的开端。支的开端。
脉的开端。种的开端。从来没有料想的命运的开端。
行走在不同的时间。不同的眼神和心跳。

在同一片天空的对面，在同一个大地的上面，
开始了另外的拓展和守卫。
不再斟满同一方宁静，不再延续同一种庞大。
从此分手，忘掉。
或者潜入血脉最深的里层。不动声色。

依然传递最早的身姿和气息。相貌和秉性。

即使所有遗传和变异发生着另外的可能和事实。
裂的碎片是孤独的。坚强的。勇敢的。无奈的碎片。
最终选择诗歌，首先浮出水面。我经历。
我看见。我理解的碎片是真正的碎片。

有过相互的思念，想象，揣测，或者梦寐与祝福吗？
这些裂的碎片。裂的弟兄姊妹。子孙后代。
同一片水域的不同支脉。同一个整体的不同分裂。
有过相互的融入，拜访，寻觅与认同吗？
有过偷袭，占领，甚至消灭吗？
有过遥远的遗传的呼唤吗？
有过吗？放弃曾经？放弃回忆？不想回家？
必然最终不能保全自身的碎片。
短暂。而小。仿佛从来没有发生的裂片。

裂的事实惊厥着我。我是一个人。一个唯一的人。
从大地震深处的大地中走出来的人。真正的人。
有梦境，有想象，有记忆，有期待。
有思想，有推翻，有情感，有确立。
碎的过程，碎的细节让我的诗情变得悠久而且漫长。
我等待。敞开诗歌，我等待碎片们的回来。
我有等的胸怀。等的气度。等的涵养和真心。
我相信碎片都会回来。都会成为有血有肉像我这样
的人。

他们说

他们说我们曾经生活在众多羊群的对面，众多土地的上面，众多天空的下面，众多方位的里面，众多可以放弃和不该忘记的里面。

他们说我们四周分布的这些线条和空间，有很多种宽度和深度，很多种曲径通幽，很多种擦破皮毛的舞蹈着的局限和想象，很多种宽容我们呼吸的天气和玻璃杯一样的山水。

他们说这么多的众多和这么多的多种，其实，只是一种，就像一个人被撕裂之前的整体。一份天空，一份大地，一份想法。四肢，五官，大脑和身体，其实，都是一个整体。

他们说这些都是事实。他们说他们暂时没有技术把这些分离倒退，回复到破碎伤痛之前的整体。他们不能。他们不敢。

他们说——其实，他们什么也没有说。他们把更大的迷雾和更深的痛楚，把复合的可能和期待留存下来了。唯一使他们感到心里不太踏实的是，他们不知道我们是否能够看得见，摸得着，或者够得着，完成得了这个恐龙一样的重新回来。

回来。手指回到梳羊毛，挤奶水，爱骏马的时代。回来。眼睛回到祖先内心平和自由的微笑之中。回来。身体的组成部分统统回来，譬如手，譬如脚，譬如眼神，譬如脸色，譬如决定。都回到身体的里面，完成一个活人的回来。

完成一声高歌。天地间无拘无束的高歌。胸膛对面全是家园的高歌。一个火塘一个火塘温暖一双双眼光的高歌。回来。游魂回到残肢再生和身体复活的里面。完成一个人的诞生。出生。

从内心分娩自己。分娩血液。毛孔。胆汁。智慧和情感。甚至子孙万代。

门　口

只有身边含笑的这棵老槐树看见了我内心的全部。

紧张，羞赧，泪流，心跳，面对我的家。
一路上鸟鸣声中迎面走来的家。
架起断桥，凿通栈道，铲掉荒芜的那颗心的家。
我的家。阳光下槐花香甜，麦浪翻滚。
水底清晰可见的泉流环绕的家。
怀揣清晨和黄昏的霞光。清风。妈妈的笑。

我的家。一步步穿过戈壁，走出沙漠而迎面走来。
那么多的西风灌注的豪迈与坚强。那么多想象。
那么多黑夜铺天盖地。那么多干旱，辽阔，饥饿和
　死亡。
影子一样寸步不离，还想蹿上脖子，终止我的呼吸。
这些空空静静的时辰环绕，渗透，消耗着我的小。
饕餮我的肝胆支撑的那一片遥远的天空。
大地上堆满沙砾和他们的阴影。
四面无极。
我看见祖先的脚步从我身体走向大地。
走向时间，骆驼草，月牙泉，青海湖。

我在祖先的怀抱中经历细密的生与死。
感受大地的力量和天空的灵光。云。蓝。远。
允许这浩荡的一切穿透深入我的身体和灵魂。
我是宇宙的一个缩影。所有灵光及时暗示了我。
我的生与死是我的意念和想象。我是经过。
从家里出发。经过大地。最终回来。
回到家的火塘嘟嘟嘟地歌唱着水壶的旋律。
回到妈妈的煎饼和火灰中爆炸的玉米花。
这么久远的离开和失踪，只有自己知道路途。
出发，经过，回家的路途。祖先的大地早已规划。

鹰鹫盘旋而凌乱的高空。爪和喙的方向和中心。
我的头颅，我的青春，我的血脉，我的筋骨，
我的稍有舒适的躺下和麻痹。我，

就会离开现在，成为飞翔厉眼的一缕目光。
就会盘旋在自己的尸骸之上，毫不满足，
毫不在意自己的分离，自己的消失。
因此，即使休整，我的一只脚也要独行前走。
决不停息，决不妥协，决不给鹰鹫以俯冲的机会。
既然选择穿越，选择行走绿色的边界。
大地胸膛的中央。生命的禁区。
疏忽躺下而引起的可耻，比什么都要血腥。

我要紧握选择的宝贵与天地祖先的遗传和暗示。
我要警惕我的叛变和出卖。我要加强防守。
不给鬣狗和豺狼以萎靡不振的假象。
刚韧与嘹亮，奔放与澎湃，辽远与深奥。
不朽与不倒，就是我的正面的回答。

充满感激与光芒，身心朗朗地站在门口。
家——，我回来了。妈妈——，我回来了！

说　话

说话让我快乐，
当我的语言的速度和语句的含意渐渐接近我要表达的意思。
并且进一步让我渴望，呼唤，等待和寻觅，
解放，生育出更多更加准确的词汇和句子来对应我的意思。

我的泉流一样涌动，海水一样浩渺，骏马一样奔驰，
时间一样永恒，星空一样明灭的意思，始终不停地移动着向前，
仿佛恋爱中的姑娘喜欢我，逗我，诱我，暗示我，鼓励我靠近她，
她就在一棵树的后面，一朵花的旁边，一条河的对岸，一弯新月的下面，
近近地，实实在在地，马上都可以拉住她的手，吻住她的唇，
但又在逃离，躲闪着我的拥抱，拒绝着我的融化，我的阅读和穿越。
这生命的花香。心中的意思。鬼魅的色彩，不定的形态让我着迷。

然而，当我的语言一旦出发，
我的意思就会以一种习惯的方式进入这个世界，
我的更多的意思却不幸得很，
遭受了不该的放逐和遗忘，被埋葬在了更加隐秘的深处，
不得出世，不被缅怀，不被看见，不被尊重。
短暂的快慰被这浩荡的事实所冲击，毁灭。
我陷入了说话的困境。
很多时候我的沉默比我的说话更加准确，完整，永久。
因为本能，因为需要和习惯，我不能不说话。

我的说话就像大地上生长的庄稼，或者森林，
　　或者群山，或者江河，
或者火山，或者海啸，都不能代表大地的意思，
　　不能代表物质的意思，
不能代表我的意思，智慧的意思，甚至更多无
　　法修辞和兑现的意思。

我的意思行走在一条古老而单一的道路之上。
梦想着每时每刻都被说话所发现，打捞和捕捉。
我的说话。诗篇。气息和花香。人类本质的一
　　个部分。
普通而且独特。悠久而且现代。我的说话。
在眼前飞快的世界中生育着对应我的意思。
妻子一样知冷知暖，影子一样知根知底的说话。
我的说话，让我进入了必然的酸痛与幸福交织
　　的世界。

是一次次的说话给我带来了唯美主义的想象和
　　建设，
但又因为环境的温度，水分和光线的差异，
因为词汇的多义，修辞的多种，语句的多向，
说着说着，有些话语开始偏离，绕开我原来的
　　本意，
有的被我及时发现而获得调整，挽回和纠正，
有的却越走越远，越走越偏，居然不愿意回来，
渐渐与我的意思毫不相干，甚至截然相反，

更有甚者，公然与我分庭抗礼，不知悔改，
让我十分难堪，倍加委屈，进而受辱。
这说话，自己的说话竟然到了与自己决裂的地步。
后来才发现，常常，因为说话，我自己却不在家，
不在自己的身体和灵魂的里面。
被我的话语钻了一个空子，逞了一回威风。
多么危险的说话，把我带进了白眼，唾沫和战场。

从此，我的说话开始向内，而不再向外。羌。
直指我内心和本质。生物的本性。
我看见更多的无能和无能之外更多，更多的可能。

煞尾或者过渡

正午，也就是现在，此刻，
金色的阳光贴在海洋深蓝而广阔的涟漪之上。

深处的鱼类离开了四面的深度，
亲吻着与浩大的天空相隔一层的温暖的水面。

我看见了。羌。看见了。时空临界的这种全面之美！

下部

山魂乐章

我是一个人，但是，我必须是人类前行的脚步走到二十一世纪的人，是众多心血、众多信仰、众多牺牲、众多祝福、众多帮助之下孵化出来的人，不是从自然物质世界中刚刚生育出来的人，不是奴役时代的人，不是殖民时期的人，不是战争岁月的人。因此，我天生就具有文明的属性，天生就具有现代的属性，天生就具有超越时代的属性。

第一乐章　群山微笑

一

站在岷山昆仑之巅，我心澎湃
目光如手，轻轻抚慰
胸前天空下盛开的这一院落的群山
俨然若军队，波澜挺进
在明灭星空的对面
亚洲高地中央
长江上游与黄河上游之间
环我以馨香的花蕊
雪峰，湖泊和江流的纯净

我如魂灵，归附群山

群山是存在的一种符号
人生的另一种形式
蕴藏秘密，无限可能
因为灵魂的进入而无比尊严
阳光磅礴，从东面播撒

风雨随心，因为感动
山水显出千姿万态

于是，我看见

二

嶙峋山崖上，娇小地开放着
一株野桃花怯怯的思念

喇叭花助阵，羊角花簇拥
从烟雨到日出，清晨到黄昏
岷江歌唱在蓝天的倒影中
石纽山微笑
浆果遂心
刳儿坪石刻是雷打不去的记忆

谁想搬动这些石刻的天书
向天而语
这可是群山最早的表白
谁敢怀疑这座石刻的女阴
不是昆仑最美的祈愿
繁衍是人类战胜自然的第一方式
谁会否认这尊石刻的巨斧
在禹的时代
不是现实思想和手臂的第一代延伸

谁匍匐在地
却不曾膜拜这方石刻的祭台
这可是禹们祷告上苍感恩神灵的舞台
谁还会漠然，这排石刻的天象
不是一辈辈山民的心思攀峰而上
直达天宇

谁，还敢忘却
这些石刻的雨点
从群山之巅滂沱而下
熄灭温暖，卷走希望

谁
还不想顺着野桃花的思念
礼拜昆仑，复活禹的童年
和他英雄的族群，驯依群山

三

年熟的孔子满心赞叹
禹是天上的太阳，照亮心扉
禹是十五的月亮，圆满华贵
高高皎洁仰望的目光

遭受宫刑的司马迁满腹惶恐

手握巨椽，面朝南窗

遥对大禹的故土，久久痴痴

不敢轻易落笔

时光花蝴蝶一样飞飞停停

落在东汉初年

大禹子嗣的景云碑上

赫然，粲然刻出

“祖颛顼而宗大禹”

“惟汶降神，梴斯君兮”

正史破空而来

“术禹石纽，汶川之会”

——多么亲切的话语

跃出 1800 年的时间烟云

好书一样，展开在世界的面前

四

包括齐天高的群山都要一尊一尊来阅读

每一尊都有每一尊的威严和名字

每一尊都有每一尊的思想和个性

每一尊都藏着一道神秘的门

每一道门代表天地的秘密

每一个秘密充满期待

每一个期待都紧攥村庄的手

开门。祖祖辈辈都在叩门
都想进入门的里面
开门。山外目光也在敲门
一茬茬来奔，一茬茬离开

山挨着山，一尊一尊
向天无语
难道，山门都在头顶的上空
不在群山的掌中

五

山的怀里都是灵性的村寨

布谷鸟欢心的笑语中
房屋似岛，炊烟如旗
水浪的梯田前呼后拥
从山脚直达高处的森林和草场

牛和羊，依雨点飘动
陪云雾起降，选择草的品质

山歌，牵动羌绣的奔放
千年又千年的祖母
踩过 18 岁的心跳，远远匆匆
抛开慈祥的村寨和灿烂的火塘

在羊角花欢歌的草场山坳
身体是漫山的花朵
千年地开放祖父的心香

山下，岷江架起美美的彩虹

六

朗朗的军号撑起五星红旗，来了

斩断村寨的枷锁
从人的双手深入到人的生命内部
汗滴心血长出粮食的本意
泪水浸泡的苦难
是失踪千年的蔚蓝

沉默的群山笑了，手挽着手
心向东方，打开第一道山门

黎明是自己的，月光是自己的

咂酒放飞锅庄的任性
在雨过天晴的晒场
在梯田不断开朗的庄稼地上
一场场丰收装满粮仓之后
合作社哨声撩开生活的面纱之后

是电影把山外的世界拉近许多许多

七

全新课本跟随工作组的到来，走进老屋
红领巾娇嫩着低头脸红的憧憬

人、口、手，上、中、下
1、2、3、4、5、6、7、8、9、10

韶山、井冈山，遵义、延安
我爱北京天安门，天安门上太阳升

一个一个新异，从墙面的黑板上
从阳光斑驳核桃树的凉荫下
从大海航行靠舵手的高音喇叭声中
快速到来，兴奋得群山青筋高昂

每一道山路都不再那么坎坷蜿蜒
每一种过去都记录着落后的凄惨
在胸章和批斗会的光芒下
村寨的炊烟都朝一个方向飘动
以供销社为半径
以公社为圆心的群山里
当家做主力气绽开胸前大红花最美

握紧拳头，挺臂呼喊的口号最红

熄灭了堂屋里的火焰
出走了神龛上供奉千年的敬仰
八仙桌的上首席位入地了
释比响彻天地的鼓声也寂静了
房顶上，消散了白石神光

锣鼓振天，鼓足干劲
每一个日子匆匆忙忙，两头黢黑
每一个村寨意气风发，不累不苦
每一个人都想告别低矮的过去
每一个家庭都备齐集体观念
打开胸膛，漂洗五脏六腑
眼睛，清澈得几近灵魂的净地

许多美好，超出山寨想象的速度

八

羊山、龙山、羊龙山、玉垒山
山山魁梧，山山简朴
灵盘山、布瓦山、涂禹山
山山坚定，山山比拼
每座山都顺着山寨的心意
走出惯性，雪白在飞奔的梦境

当道路、果树、庄稼口渴无泪的时候
让人不禁想念那个给山命名的人

他吞烟吐云
他分布星辰昼夜
脚印举起雄心和高远的眺望
引领身边和周边的炊烟
修好季风吹断的每一条小路
射杀群山中突然的天灾
和兽的攻击
把山的命脉与自己融在一起
他的手中
一定掌管着开山的钥匙

九

经过数千年
上万年的开垦和寻觅
天空下的大地依旧，双唇紧闭
村寨依旧，深刻着饥饿和汗流疲惫
群山发出沉重的叹息
再一次
将目光投向更加辽远的天宇

十

当山寨
消瘦得快要被风吹灭的时候
海运流转
烟云忽涨
天上的雨水洒进承包的土地
久违的泥土沐浴新鲜的目光
羊皮褂子打开惊喜
一个接一个

水蜜桃牵着甜樱桃的小手
徜徉胃口，以美的滋味
惊呆洋芋、番茄、苹果和李子
亲人一样的山野菜山药材山泉水
情投旅行者的喜悦发现
国语拼音的韵味
点缀山风清纯的悠远
岷江边上
一条新生的国道奔驰着阳光

新品种玉米和小麦
站在秋天的墙顶之上
灿烂，欣喜
迎送过往的鸟鸣和阳光
等待攀山而上的专业镜头

和文字需要

包括昨天的汗水和粮仓
腊肉和香肠
山歌震落露珠的柴垛
绣花的新围腰
走过格外清醒的清晨
月色披挂的泉水边
神秘缭绕的山道
牛羊一样回到山野
村寨以光与影的和谐美好
登上报纸杂志的版面

兰花烟熏染的故事
在岷江涛声的浇灌与陪伴之下
一条条山歌打动了山路
甩开臂膀，展开胆量
奔跑着卡车、摩托车
轿车、微型车、小四轮
震撼之美越过绑腿的千年固守
探想着一日三餐之外的许多秘密

短装
从好奇注视山脚那时开始
怯怯而简洁
在麻布长衫的微笑中

兑现了教科书中逗人神往的画面
更多的声音
穿过尘埃和不解的眼光
在收音机、录音机、电视机的培训之下
变幻了河谷最初的色彩和基调

龙山上，黄土夯筑的布瓦寨
龙溪沟，石头修砌的垮坡寨
年轻的电炉取代了古老的火塘
衣着很少的明星
一个比一个大胆野放
开心地站在烟熏厚黑的墙壁上
看忙碌的山寨
一天天
习惯爽快的水泥地板
迸溅心新的声音，匆忙而权威

十一

蛛丝一样的电线
网络了整个的山梁和天空
柴烟失去了房屋
曾经的神灵
伴随烟霞起落有致的眷恋
聚集在更深的山谷
更高的山巅

起灰的山路上

响动着一双一双高跟鞋

羊皮褂子和云云鞋

都离开了自己的心爱

回到了祖先的梦境和现实之中

迪斯科与流行歌曲

锻炼着山寨的筋骨和活力

枝头喜鹊飞向了天边

草丛中的壁虎

习惯了没有山歌的日子

迎面吹来的季风

少了当初草木的气息和味道

山峰无语而看

天宇的日月星辰

贴在悬崖峭壁对面之上的虚空

奢侈而夸张，岁月海报一样

点缀老屋窗棂的昼夜

群山看见了自己的堕落

十二

这样的日子很短，很锋利

手术刀一样结束了山寨失血的呻吟

萝卜寨、羌峰村、三官庙村首先醒来
新鲜的风貌拉开了序幕
图书室、活动室、远程教学点
孵化出另一种思维和思路
布瓦寨、雁门村、龙溪沟紧随追赶
遥远以最好的目光和理念
海风一样深入大陆内部
滋补群山一个个村寨的精气神

网络以最快的速度看见
假日都市人潮涌向这一院子群山
多少兴致进入历史和民俗的中心
布瓦山下龙溪沟，雁门沟上萝卜寨
漫步绵虒古镇禹庙的神话岁月
一边抚摸大熊猫
欣赏所有生灵的形态和心动
一拨一拨影视拍摄和新闻报道
传递着山村的自足自信
自愿不息的美

传说的羌笛在探索中发现
一一醒来，释比手中的羊皮鼓声
故事传说复活在书刊心里
兰香的羌绣，终于走出爱情的界限
让世界爱不释手这独一的美好

失踪的云云鞋回到了深爱的山路
感情兴奋点上，山歌醉眼迷离

十三

一束阳光雪亮了太久的沉默
岷江峡谷，愈加深邃
呼啦啦一声骤响，一只凤凰
从遥远的传说中飞进村庄的心窝
家家振奋如雨后蘑菇
在节气的安排和暗示之下
更新的心意，走进洞房中的梯田

青春的锄头在土地中歌唱
那些优秀的种子散发的芬芳
那些族群的目光温存的力量
那些在血管中奔跑的希望
月色下狗声拨动的心跳
牵手飞针走线的秘密
皎洁的白马奔驰而来
那种速度，仿佛唢呐晴朗的欢快

泉水甘甜，深入玉米地里面
清澈见底是樱桃的心思
激情带着山神的祝福
咚咚咚，咚咚咚，咚咚咚

在释比鼓的清洁和驯化之下
阳光金色了凤凰的飞翔
梦想深邃了脚下这一方朗朗的大地

十四

高高的布瓦羌碉微笑着
站在龙山之上，一座，两座
几十座，一任风雨来去
在日月追逐星辰的舞台上
倾听岷江再一次歌唱
桃花一样红艳，岁月一样苍劲

多少个世纪，多少次轮回
天空带来遥远的海水
伴着阳光，落进千山万壑
歌谣四起金色梯田
唢呐声中，牧羊女巧手哺育
玉米的芬芳和荞麦的细腻
彩虹在胸膛和土地之间
忍耐气息突破寒冬
嫩绿在喜鹊播音的枝头

2006年，国家的眼睛终于看见
这个名叫布瓦的黄土碉群
无数阳光月光星光调塑其间

多少男人女人的手臂隐没其中
金子般的心魂，巍然矗立
在龙山脊梁之上
招引山下一双双游赏的眼神

十五

让亘古的风吹拂心间的柔情
汉子一样敞开衣襟，群山
站在奔腾的岷江边
让胸膛对面的太阳
鼓声一样看过来，
看过来，响亮而且持久

山的体格，龙的霸气
羊的灵动，汉子的睿智和专一
在岁月的舞台上剪影
群山拽着热血，寂然起飞
在云霞与村寨的心愿中
天空与大地的经络中

汗液喂养一层层梯田
远古的遗传闪烁火塘的温度
历史与传说，雨露一样甘甜休憩
石室与碉楼，涨满筋骨
饮食与炊烟，顺心而过

千年图腾，是羊，是龙
穿过沉闷久远的天空
凝结全部歌声和种种色彩
峡谷不再直白，空旷
诗人不再流浪，祈祷
岷江水面一朵一朵莲花
梳理山寨的心思，秋去，春来

素面朝天，群山感受着内心的灿烂

第二乐章　释比神鼓

一

阳光一样透亮族群的胸膛，鼓声

咚咚咚，咚咚咚，咚咚咚，咚咚咚
空谷之中，高天之上
无穷的鼓声是一面浩大的镜子
照见那遥远的，牧羊青海高地的岁月
风，绿绿地从指尖上吹过来
羔羊皮袍就薄了，年轻的祖先就笑了
她的笑，是他的豪情满怀的缘由
挥舞鞭子奔驰骏马的心情
把风云都涂进青海湖的深蓝之中

天空是帐篷，草原是毪毯
快乐在上面，云朵一样来了，去了
彩虹，甜美着孩子的眼睛
黑色的牦牛左一群，右一群
在大红马警惕看护的目光之内

白色的绵羊东一群，西一群

风雪走过来，摆开舞台
演绎这踏雪放歌，完美最早的守候
冻地寒天在篝火的激情中流光溢彩
天鹅归来了，一只一只顺着东方的阳光
丹顶鹤归来了，一对一对亲爱
振翅翩跹的旋律再一次激动大地的慈悲
七月的风情，陶醉了蜂蝶追追停停
暖暖的牛奶芬芳着儿女心肠

临水而居，洗梳最野性的魅力
呼吸无边无际，心灵自由自在

二

突然的阴霾卷起天性宁静的生活
咚咚咚，咚咚咚，咚咚咚，咚咚咚
咚咚咚，咚咚咚，咚咚咚，咚咚咚
夹杂征伐的呼啸，冲刺的刀枪与血飞的杀戮
咚咚咚，咚咚咚，咚咚咚，咚咚咚
咚咚咚，咚咚咚，咚咚咚，咚咚咚
黑暗从太阳升起的地方吞噬过来
美好，瞬间被族群自己的血液浸泡
深深埋葬在神灵逃走的土地里

咚咚咚，咚咚咚，咚咚咚，咚咚咚
咚咚咚，咚咚咚，咚咚咚，咚咚咚

柔润如玉的家园，转眼破碎
无忧无虑的生活随即消亡
干干净净的灵魂，四处飘荡

咚咚咚，咚咚咚，咚咚咚，咚咚咚
咚咚咚，咚咚咚，咚咚咚，咚咚咚

群山之中，一支永生的短笛
超度着这古族潮湿凝重的心魂

咚咚咚，咚咚咚，咚咚咚，咚咚咚
咚咚咚，咚咚咚，咚咚咚，咚咚咚

岁岁呜咽，声声凄切

咚咚咚，咚咚咚，咚咚咚，咚咚咚
咚咚咚，咚咚咚，咚咚咚，咚咚咚

千年后，笛声被诗词打捞出水面

咚咚咚，咚咚咚，咚咚咚，咚咚咚
咚咚咚，咚咚咚，咚咚咚，咚咚咚

依然敛声屏息，隐姓埋名在岁月底层

咚咚咚，咚咚咚，咚咚咚，咚咚咚
咚咚咚，咚咚咚，咚咚咚，咚咚咚

三

鼓声，海水一样吞没了远远近近

咚咚咚，咚咚咚，咚咚咚，咚咚咚
咚咚咚，咚咚咚，咚咚咚，咚咚咚

日子一天天瘦了，黄了，掉了

咚咚咚，咚咚咚，咚咚咚，咚咚咚
咚咚咚，咚咚咚，咚咚咚，咚咚咚

四

咚咚咚，咚咚咚，咚咚咚，咚咚咚

脉息微微，感激天神木比塔
感激木姐珠始祖抛下巍巍大雪山
在危急时分，阻隔沾满族血的魔爪

咚咚咚，咚咚咚，咚咚咚，咚咚咚

白石神光弥漫山水，绵绵不绝
捧出饮食、石室土房和碉楼

咚咚咚，咚咚咚，咚咚咚，咚咚咚

才有骨肉连着山地日月的生养

五

咚咚咚，咚咚咚，咚咚咚，咚咚咚

终于生根发芽，摇曳感动的芬芳

感谢苍天大地恩赐
感谢神山高高呵护，一生陪伴
感谢第一个放弃牧鞭、握起锄把的先民
感谢泥巴石块崛起新家的那双粗手
感谢清纯的泉流鲜活忧伤的血液
感谢日月星辰分秒清晰的光阴

咚咚咚，咚咚咚，咚咚咚，咚咚咚

感谢花香鸟语，感谢梯田葱郁
感谢释比代代不倦的吟唱
感谢灵猴指点

感谢三堂经鲜红族群的经脉
感谢鼓声拓荒安家
感谢释比旗引路祭祀
感谢火塘情怀
感谢五谷良知
感谢风雨
感谢万物楚楚，灵魂青翠

咚咚咚，咚咚咚，咚咚咚，咚咚咚
咚咚咚，咚咚咚，咚咚咚，咚咚咚

六

咚咚咚，咚咚咚，咚咚咚，咚咚咚

火塘烧得热血沸腾，风雨无阻

咚咚咚，咚咚咚，咚咚咚，咚咚咚

炊烟之外，春花秋月之下
群山搂着江水的柔情，刚卤彪悍

咚咚咚，咚咚咚，咚咚咚，咚咚咚

一圈铁三角安身堂屋的火塘中
围着大火，满面红光

回忆前身是三块锤成弧形的长石
三角而立，齐心鼎起一口锅
那时鹤鸣九皋，天边有云
牛羊聚散绿草漪漪的河畔
祖先席地而食，日子阔绰无忧
突然一场梦魇之后，居然
落脚群山环绕的土地
安居一楼是圈，二楼是堂
三楼是顶的石室
一道门进出所有的生死

七

一道门进出所有的财产
所有的悲欢和梦想

天下最大最宽长的一把钥匙
才能开启这道神秘的石室之门

咚咚咚，咚咚咚，咚咚咚，咚咚咚

这是怎样一把诡异的木质钥匙
一尺长，五分宽，一分厚
一柄燕尾，前段几颗奶头木钉
通常 3 颗，或者 1 颗，2 颗，5 颗
最多 7 颗，秘密地，北斗星一样

锁着城堡一样的石室房屋
鼓声看护三层楼房
对应经书长卷 3 部，随时吟唱

咚咚咚，咚咚咚，咚咚咚，咚咚咚
鼓声恭诵神事，圣洁美美
咚咚咚，咚咚咚，咚咚咚，咚咚咚
鼓声启开人事，家家祥瑞
咚咚咚，咚咚咚，咚咚咚，咚咚咚
鼓声敲去鬼事，平安种种

八

咚咚咚，咚咚咚，咚咚咚，咚咚咚
鼓声在倾诉，十月初一是琼浆
木比塔赐福人间
儿孙受惠没忘记
房顶纳萨供奉的白石神灵
是木姐珠从天堂抛下的大雪山
是燃比娃从天庭盗火的藏火石
是族群迁徙途中神赐的武器
纳萨房后的石孔上敬上
一株柏树化作通天的高梯
把人间心愿送达天庭

咚咚咚，咚咚咚，咚咚咚，咚咚咚

木姐珠是木比塔宠爱的三女儿
翻过喀尔别克神山
爱上独自放羊的斗安珠
一心要建自己的家园
悄悄帮助斗安珠接受父亲的考验
八十一难都闯关，惊险连惊险
木姐珠终于带着种子飞禽走兽嫁人间

咚咚咚，咚咚咚，咚咚咚，咚咚咚

忘不了对女儿切切思念
知晓妖魔作难处处凡间
木比塔遣派释比下人间
为女儿驱邪除鬼样样办
嘱咐山川诸神陪在身边
木姐珠斗安珠爱比蜜甜

九

咚咚咚，咚咚咚，咚咚咚，咚咚咚
皮鼓威严，岁岁年年保平安

多么沉静深邃，神秘幽美的鼓
夜色玄奥，警惕一样
在家家户户敬畏中祖护吉祥

毫不喧哗永生的力量
咚咚咚，咚咚咚，咚咚咚，咚咚咚

神龛下火塘是家的心脏
不灭的火焰是家的心跳
一家一个微缩的群体
一家一个智慧的民族
一家一个生态的世界
咚咚咚，咚咚咚，咚咚咚，咚咚咚

记住不朽苍天，慈悲大地
祖先从遗传中走来，血迹斑斑
记住山川草木滋养性灵
神灵庇护家园的绵延
记住铲荆棘，开梯田
赶着第一群羊进圈的祖先
记住火塘燃起第一把柴火
房顶供奉白石的祭拜
记住神龛，记住房梁
记住灶台，记住四壁的抗击
记住生，记住死，记住族群

咚咚咚，咚咚咚，咚咚咚，咚咚咚

记住烟熏火烤的羌语故事
记住同堂万古的欢笑

记住泪水中禁忌
记住心血浇灌五谷杂粮
记住每一次真心的呵护和亲吻
记住眼睛，记住耳朵，记住太阳

记住美羊羊，一个挨一个
在木姐珠围裙边
雪白如云
低头而食，啮声铺天
流淌的风是滑翔心中的鸟儿

十

咚咚咚，咚咚咚，咚咚咚，咚咚咚

大门开启，牛羊踏进来
碉楼与石房是一把大锁
锁住家的生命和财物
心思走远高大
呼吸失却驰骋
将悠扬的岁月飘零在血性之外

大门开启，牛羊晨出去
人在，家在，神龛在
溪流的生活潺潺默默
山路铿锵，脚步从风

清水顺着祈告的柏枝，晶莹而下
把阴暗漂洗干净
一把把撒出手的荞子
棱角如刀，使命朗朗
将角落的魑魅一一驱逐，统统击毙

满世界性灵呼应祥和，山寨嘹亮

十一

让雪白的羊群飘起来

蓝天下，青草上
所有的阳光和清风浇灌着原野
一朵一朵鲜花盛开的旁边
圣洁的羊儿，寂然而美
这是祖先最好的心情和饮食

因为羊，人群顶天立地
因为人，羊群翻天卷地

从远古高地庞然走来
在群山茁壮新的情爱
完美的羊头，高高供奉
在碉楼胸前

鸟鸣绕飞
山下的虚妄低下故意的傲慢

旗帜，群山共同青春的欢颜
锄头和炊烟的方向
生命携手现代
沐浴天恩，同时泪流

十二

白石稳坐山寨碉楼
光芒擦亮古族的内心

羊头披上羌红
热血一样尽善尽美
火光一样烧尽漆黑
一个民族穿过埋葬
把心跳和血型传递下来

敬献山河笑语
敬献目光婷婷
敬献阳光坦荡千里

唢呐声鲜亮，从蓝天漫下来
婚服披挂羌红
年轻褪去羞涩

新人一对一对成为族群
又一口泉眼，再一道支流

咚咚咚，咚咚咚，咚咚咚，咚咚咚

释比开坛，解去咒语
锅庄欣慰山寨灵魂，舞动远古身影

十三

咚咚咚，咚咚咚，咚咚咚，咚咚咚

目光穿行，鼓声飞扬
生命的智慧踏遍群山

咚咚咚，咚咚咚，咚咚咚，咚咚咚
咚咚咚，咚咚咚，咚咚咚，咚咚咚

从哪里来，到哪里去
追问的呐喊在密不透风的旋律中
春去秋来，潮起潮落
从不跳出代代倔强坚忍的心窝
鼓声放牧群山，天朗，气清

咚咚咚，咚咚咚，咚咚咚，咚咚咚
咚咚咚，咚咚咚，咚咚咚，咚咚咚

如琼似浆，家园满口生香

咚咚咚，咚咚咚，咚咚咚，咚咚咚
咚咚咚，咚咚咚，咚咚咚，咚咚咚

第三乐章　天谴沉默

一

这哪是行进中的汶川所能预料的啊

轰隆隆隆——轰隆隆隆——
一阵阵巨响从岷江河床之下
岩层深处突然响起
轰隆隆隆——轰隆隆隆——
越来越近，越来越深
轰隆隆隆——轰隆隆隆——
越来越紧，越来越重
轰隆隆隆——轰隆隆隆——
触电般席卷而来
洞开地狱之门
将一切吞进深渊
天空，逃得无影无踪

轰隆隆隆——轰隆隆隆——
群山颠簸在剧烈的筛动

轰隆隆隆——轰隆隆隆——
汶川一个趔趄栽了下去
满嘴血污，浑身伤口
无魂无声地承受着
这沉重凶狠的地狱一掌
震碎无数无数无数美好心灵和呼吸
让五星红旗下的共和国
感受到从未有过的痛

二

这来自地狱深处的一掌
轰隆隆隆——轰隆隆隆——
狰狞着噬人的喧嚣
轰隆隆隆——轰隆隆隆——
轰得天晕地旋，灿日昏死
岩裂土奔，群山垂降
脱缰的巨石一个撵着一个
在山野狂飞，在谷底碰撞
一处应和一处，从东到西
从前到后，从上到下
从脚跟到耳门，发出飞速巨大的呼啸
冲向岷江，飞落死亡的血腥
黑色棺椁一样
装殓了青春斑斓的汶川

寂然倒地，一家一家的生机
凄然僵硬在山村的怀抱
房屋的脊梁骨断了
门窗压扁了
心血砸在下面
老人砸在下面
孩子砸在下面
家的希望和幸福砸在下面
凄凉漂浮在满山废墟上

血脉一样畅通的道路
早已被掀翻，断成数截
或深埋，无形
或扭曲，覆压
或断裂，仰天
泉流暴突
江水改道
草木深埋
在末日的时间里
那些珍珠一样闪烁的山村
包括每一道山坡，每一裂山谷
孤立成岛

三

天哪，鲜血从身体里挤喷出来

绝望寂寂呐喊，飞刀一样剁进高天
那一刻，苍天也眯上双眼
任凭山崩，放纵地陷
阻断一次次逃生的呼吸

看不见真真面目的恶魔
从十八层地狱监牢里逃闯出来
啃却人间母亲的胸怀
吞噬家园孩子的目光，天哪
身为山村父亲的男人被瞬间消解

飞翔美情的翅膀被击落
那一刻，生死存亡一刹那
钢筋水泥的软弱被彻底揭穿
千千万万希望惨遭毒打，杀戮
一代代祖先的心血全被吸尽
哀伤犹如钉子
深深钉进幸存者的心里，梦里

公元 2008 年 5 月 12 日那一刻
黑色覆盖群山
阿坝师专废弃的艺术楼巨钟
依然记得这天下午 2 点 28 分
无数个我穿越死生
在岷山昆仑的千沟万壑

四

猛然想起孩子还在床上
天哪，我要去找回我的孩子
山崩隆隆，地裂嚣嚣
危不危险我不晓得
死不死掉我不害怕
我只要我的孩子
只要我的宝贝，我的命根根
他还午睡在床上
我不能让他被房子埋下

孩子啊，妈妈来了
妈妈我来了，我的孩子
别怕，别怕，我的好孩子
妈妈来救你了

呼呼噻噻，我跑过田埂
我跑过小桥，噻噻呼呼
跑向家的小路我再熟悉不过了
还有一段，我记得还有一段就到了
闯过一路坍塌，遍山滚石连连
我一点都不怕，孩子啊
你也不怕，我的孩子
妈妈我来了，孩子
刚刚两岁，你还小啊

妈妈一定要把你抢救出来

天哪，家在哪里
孩子，我的孩子在哪里
啊，我孩子就在这里
就在房子下面，我晓得
孩子，不怕
妈妈一定要找到你
妈妈一定要救你出来

变形的门板滚开
倒塌的墙壁滚开
脚下阻拦都给我滚开
天哪，怎么才能搬动这道房梁
我一定要找到我的孩子
不能慌，我要小心，更小心
我要再刨出一个洞口
我要找到孩子的房间
快点，我的两手抓紧时间
孩子，你听见妈妈的呼唤了吗
妈妈已经靠近你了
孩子，妈妈就要找到你了

是你在哭。对，我听见了
你在哭，孩子，你还活着
你晓得妈妈一定会来

你懂得妈妈有多么的爱你
你晓得妈妈不会不要你
你晓得妈妈就是你的命
天哪，我不能再激动
即便欢喜斟满我的心
啊，孩子，我终于摸着你的头了
不哭，孩子不怕，妈妈来了

天哪，我的孩子
我的心肝，终于回到妈妈身上

五

云洁白在天空
一朵一朵飘忽在仰望中
枕着山冈，我躺在草场上
身边的峡谷深不见底
群山一片苍茫

忽然湖水崩塌了一样
羊群四窜，惊醒我的休眠
猛一翻身，我站立起来
脚下牧场野马一样狂奔起来

轰隆隆隆——轰隆隆隆——
群山浪荡起来

岩石山坡都在向山谷崩塌
呼啦啦啦，轰隆隆隆
声如核桃从头顶上密密砸下
没有一个安全可以藏身了
顾不上我的羊群了
我该朝哪个方向跑呢

连绵的群山每一座都在咆哮
破船一样往下沉没

奔石滚滚，我得赶快逃开
眼看脚下山坡的梯田，癞皮一样
一块块剥脱，向深渊滑落
脚步颤颤，我也得快逃
逃进哪一个熟悉的岩窝

哎哟，一块飞石击中了我
顾不得血流
管不了群山疯狂
我得赶快逃出这个险境
赶快跑出这场噩梦
跑到安全的哪一个地方
哎呀，怎么才能跑得出去啊
尘土黑烟裹住山谷
沟口家园早已陷落
我的天啊，我该往哪儿跑呢

咕咚，咕咚，咕咚——
一块块滚石擦身飞落山谷
冷汗淋淋反让我清醒
我不能害怕
我必须跑下山去
跑回家中
看看老人，看看孩子
我不能在这破碎的山野上
一个人瞎跑

六

嘎叽嘎叽嘎叽嘎叽的啮齿之声
让一幢幢教学大楼扭动痛苦
楼中每个人的心都悬着
听窗玻璃炸裂
看日光灯爆碎
一个个嫩嫩的声音被击中
别怕，同学们，别怕
战栗的声音陷入隆隆巨响
天就黑了，天就黑了
啊，不好，是大地震
同学们快跑
警惕的喊声像手电筒
照亮一间间教室

轰隆隆隆——轰隆隆隆——
水泥地板抖起力量的波澜
掀翻桌椅，撞倒人影
惨叫声混合桌椅的碰撞声
声声恐怖，声声害人
青春的老师以双手撑着门框
大声吼叫，快跑，快跑
几个机灵鬼冲出去了
轰隆隆隆——轰隆隆隆——
十几个尖叫声跑出去了
轰隆隆隆——轰隆隆隆——
二十多个哭喊跑出去了
嘎叽嘎叽——嘎叽嘎叽——
巨大的压力挤紧我的呼吸
三十多个惊魂跑了出去
轰隆隆隆——轰隆隆隆——
还有几个胆怯也闯了出去
你快跑，孩子
——老师，你快跑
老师刚一抱起学生的瞬间
断落的门框击中了他
楼板砸了下来

七

潺潺雨水不停冲刷大地
湿漉漉的光线里
群山只是一个暗影
分不清哪里是村寨，哪里是道路

天漏大雨想掩盖这满目惨状
为绝情辩护
破碎山体被雨水冲刷
巨石脱落岩峦，往山下滚奔
嘣咚，嘣咚，咚咚
撞击谷底的筋骨

一路果树被碾死
村寨失去最后一口生气
浊流抬头，肆意横行
道路被肢解
幸存成俘虏
群山发出困兽伤痛的怒吼

床单围篷里泊着一颗颗祈祷
女子呻吟惊恐
儿子注视伤痛
父母忍受摧残
友爱闪动火苗

谁都是渺小
谁都明白了这劫后的幸存

暴雨掩埋暴雨
咳嗽掩埋高烧的呓语
5 月 12 日这个夜晚太古，太老
太遥远，太陌生，太无理
让守候陷入绝境

八

深深地跪了下去，我
面对空荡荡的姜维城
仿佛犯下千古罪孽
绝望鞭笞着内心
姜维城古城坪，古城坪姜维城
这可是祖先留下的一处胜迹
江源文明最早的渊源
这可是辉煌西蜀坚强的支撑
寂寂汶川浮出当代的国宝
无声地倒下了
一面面宽大的姜维城土墙
彻底抛去了
远载汶川的这一条历史线索

还有，穿越黑暗的信仰

面对空旷无比坚挺的遗传
行走天下唯一的血型
凛然呼啸的尊严
蒙昧中勃发的睿智与勇力
还有方向，旗帜一样
还有期待的梦想
都在轰隆隆轰隆隆中毁灭
灵魂出窍

汶川啊汶川
我用一生心血把你呼唤
丢掉祖先是不值同情的可怜
失去灵魂比死亡还要悲惨
放弃文化只会让天风牵引差遣
再多吃好，难以情好月圆
汶川啊汶川
神色黯淡
周身布满死难
想一想祖先烧荒的炊烟
五六千年前的文明多么耀眼
放牧群山的家园
而今，我且受用这旷世天谴

深深地跪了下去
我把一腔热血和勤勉
跪给镶满祖先心愿的群山

跪给村寨重生的明天
跪给必将涅槃的汶川

九

轰隆隆隆——轰隆隆隆——
群山依旧喊叫
轰隆隆隆——轰隆隆隆——
大地依然痉挛
轰隆隆隆——轰隆隆隆——
无一寸山河不尘土
尘土，一层层落下
一层层盖住万千的生死
无一处天地不黑暗

黑暗在毫无躲避的意识里
黑暗在不幸深埋的大地下
被幽灵死死纠缠
被死神一一透视
每一个种生命都现出骷髅的胶片

轰隆隆隆——轰隆隆隆——
震颤一刻也不停
从群山底层传来致命颠簸
冲天力浪连根抛起黑桃树
扔向空中，断成数截

山上的滚石阵流飞落下来
杀进 5 月的庄稼和蔬菜
道路失去四通八达的经脉
家园像废纸一样
随处飘落

十

想起隐约云中的萝卜寨
从太阳升起的第一家房顶
越过天桥，跨过矮墙
翻下凌空斜立的独木梯
来到西边最后一家房顶
回望家家相连的炊烟
户户相通的温情
岁月的风云漫卷而去
白石灵光照亮
4000 年的躬耕和牧养

墙头上堆满金色的汗水
阳光柴垛，逗人神往的故事
白帕包裹孝心
兰花烟散发年老的悠闲
云云鞋和花腰带绣着秘语
童年裸露光滑的身影
阳光下，晚风中

一帧帧摄人心魂的羌语相依相偎

轰隆隆隆——轰隆隆隆——
人间被推下深渊
黄土夯筑的村寨被掀翻
目光恍惚时空
看不见的下午掉进地狱的瞬间
第一个人站了起来
向吞噬美好的鬼蜮冲锋
抢出生命疾速下滑的乡亲
若干个人站起来
搏杀无数次之后
闯出一条明亮的生命之路

羊皮鼓掏出来了
泉水请回来了
堂屋神龛扶起来了
失踪的炊烟找回来了
金黄玉米回到手心
每一颗心都燃着信念
一切都要回来
更多的声音在临时窝篷里
阳光一样，甘露一样
温和彼此惊魂的目光

十一

每一座山都在狂嚣
滚滚飞石围住谷底县城
天空消逝的县城
承受巨大撞击和撕裂
每一块碎落的砖瓦玻璃
砸向奔跑的人影
道路蛇行
在漫天飞舞的黑色尘土之下
缺氧窒息 5 分钟
汶川在旗帜的呼唤下
紧急开启诺亚方舟

轰隆隆隆——轰隆隆隆——
分分秒秒 10 分钟穿行黑暗
汶川的希望之舟从危情的水面
凛然起航，指挥部为舵手
分分秒秒 30 分钟
开启抢险救援的马达
医疗救护的马达
道路抢险的马达
宣传信息的马达
后勤保障的马达
生生驶进绝望丛丛的水域
斗志声声高喊

起航，汶川的生命之舟

载动 10 万人的惊恐和平安

十二

呻吟和惨状，火焰一样扑来

炙烤刚刚逃出魔爪的医护人员

哪敢停顿一秒钟

哪敢允许一秒钟思考

赶快搜出药品

赶快俯下一样伤痛的身心

赶快握紧手术器具

赶快清创消毒

赶快切开伤口，取出异物

赶快截除惨痛

赶快——赶快——赶快

赶快剖腹，取出小生命

赶快拨动心脏的秒针

在姜维城的甲板上

在威州民族师范校的船舱里

十三

最最牵痛家的神经的是

昏暗风浪中一个个孤岛学校

那些清澈的眼神

心口上的未来，赶快看见
赶快安抚——赶快转移
那些惊慌失措
泪眼蒙眬，惊魂未定
那些哭声遍地
赶快撤离，赶快
怕只怕脆弱一个传染一个

轰隆隆隆——轰隆隆隆——
勇敢的照相机在奔跑
以清晰的速度
打捞汶川的伤痛和坚强
轰隆隆隆——轰隆隆隆——
英雄的摄像机在追踪
以历史的眼光
记忆汶川坚决的行动

十四

毫无预防的那一瞬间
1681 公里国道省道县乡道
蚯蚓一样被剁成无数小段
5175 公里光纤电缆统统失血
切断汶川与世界的脉动
344 座通信广电基站不再呼吸
汶川双眼空洞，双耳堵塞

傻子似的呆住了
75 座水电站 17 座变电站
供水供气的管网全部瘫痪

汶川 13 个乡镇 118 个行政村
13 个广场 118 个火塘
围绕 145436 个欢声笑语
血肉相亲的家人
真善美的化身
承传文明种子的使者
截至 2008 年 6 月 27 日
眼睁睁地看着
15941 颗心跳咫尺沉落
7295 个人无迹可寻
34583 个身体受到伤害
一个个家庭满面悲伤
373 个稚嫩的生命被魔爪虏走

笑语盈盈不再
豁嘴断牙几十万间心房
挡风抗雨不再
胸怀瘫倒在地
混浊的眼神是草莽中的路径
10 万亩耕地塌陷 9 万多
80% 的工厂、矿山和商贸
无助地闭上双眼

让剧痛覆盖梦想
1950 年以来奋进蓬勃
1000 亿心血瞬间流失
汶川痛了
即使天空还会蔚蓝
春天还要到来
汶川哭了
即使祖国满含深情
汶川伤了
即使爱心绵长海内外
漫长的 3 分钟默哀
挥不去灵魂深处的悲痛

十五

但是，我还是听见另一种歌唱
从人性的海洋潮涌而来

许多花，如我纯净美好
古老血脉流淌青春的歌谣
两只蝴蝶飞伴在生命的花丛

脚下土地站起羌碉
与汗水和生命融在一起
走过无数风雨和战争
巍然挺立天地

梯田翻山越岭追赶族群
千百年来朝觐的神山
抚摸羊皮鼓声声滑过天边
激荡胸膛

那些内心碧绿的农民
忍住一无所有的悲伤
弯下腰来，跪倒在废墟上
让不屈的灵魂
拯救深埋黑暗的玉米

那些用庄稼说话的农民
迈着走过悬崖峭壁的脚步
爬上树，将5月的樱桃
从灾难手中夺下来
迎着晨光，抖搂伤悲
走进余震不断的家园
翻动破碎的心血
请生活回家

十六

5月的阳光熟透岷江河谷的心情
时间清澈见底，樱桃笑得多甜
豌豆奔跑在回家的路上
汶川山上的羊群、草药和传说

白云一样轻盈而唯美
红领巾在国旗下幸福欢畅
天真是最真实的自由

岷江行走在豪情朗朗的群山中
河谷两边，梯田飘逸醉人的香意
一篮一篮特产摆在凉荫下
溪流边，眨动着一双双纯净的眼
星空一样悠远而明亮

轻歌，在长衫的怀抱里缓缓漫溢
白帕子包裹着山野的淳朴
云云鞋面上倒映姑娘的灵巧与活泼
羌绣围腰兜满心跳
微风吹过来，带着笑意
5月真甜，5月真美

汶川刚刚进入初夏
水晶花朵一样
新一轮生活走进美好
身影安闲而宁静
群山斟满暖暖的阳光

蝉的歌声比轻风浓郁
一遍遍起落
仿佛冲浪
欢乐漫过大树撑开的情调

第四乐章　潮涌大爱

一

从960万平方公里
东、南、西、北
水上、陆上、天上
火速聚集
放开心中的眷恋
挥手丽日晴空
立即出发
出发
向着天旋地转的汶川
向着危在旦夕的汶川
出发
出发
气贯长虹
出发
向着痛苦呻吟的汶川
沉沦绝望的汶川
挺进

万众一心
挺进
挺进
这是国家救援
五星红旗下最神速的行动
五千年文明最灿烂的开放
党、政、军、民
手挽着手，目光炯炯
十三亿颗中国心汇成一条河
波涛滚滚
从震波辐射外的天地
涌向这震波之内
以中华民族特有的品质
向着孤岛汶川
飞奔，聚集
要把人间大爱
中华深情
铸成一道不倒的长城

挺进，坚决地
快速地，钢刀一样
锋利地挺进
这是古老中国的现代风格
锁定汶川，拯救汶川
以挟山超海的气势
穿行地狱的边沿

与余震、滑坡、堰塞湖
展开殊死搏杀
英勇捍卫汶川的生存
让汶川这片土地上
幸存的花朵
一一开放

二

这些真实的英雄
以坚强、无畏、崇高
青春、纯净、美好的品德
源源不断地
一个一个地来了
向着恐怖环绕的汶川
靠近，再靠近
把个人的生与死放在一边
只有一个心愿
快快抓住汶川的手
把宽阔的胸膛
贴近汶川破碎的脸庞
从死神的手中夺回希望

尘土掩埋之下
整个汶川还在昏厥
余震烈烈地咆哮

大雨倾盆地冲刷
在岷江滚滚的激流中
在群山崩溃的绝望中
封锁地下的焦急与渴求
期盼与呻吟，自救与祈祷
火一样燃烧
燃烧所有的所有
只有一个念头
快快移开垮塌的房屋
快快搬走沉重的岩石
快快打碎压在头顶的黑色天空
亮出晴朗
夏日正午一样
亮出微笑
花香鸟语一样
快快摆脱这一场噩梦

三

勇敢的心，一个接一个
翻过人道主义高峰
越过盘踞人生狭隘的泥沼
迎着自然威力的恐吓
年轻的生命一个接一个
以当代最美的形象
视死如归的精神

一步一步深入汶川
靠近死神挥舞的魔爪

废墟下那些深埋的同胞
还在坚持，抗争着
那些从远古走来的族种
还在坚强，承受着
那些四季朝歌晚唱的心灵
还在酝酿，期盼着
那些传递真善美的生命
还在呼吸，鲜活着

群山之外每一缕阳光与月光
潮水般关切与眺望
真真切切在呼唤
花朵一样妩媚
庄稼一样碧绿
山歌一样优美
羌碉一样挺拔
熊猫一样古老的汶川
站起来，站起来
汶川——中国的汶川
不怕，不哭
顺着五星红旗指引的方向
站起来
擦去周身的血污

从废墟之上
站起来

四

爆裂的山石虎视眈眈
站在悬崖之巅
深渊之上
铁青着亿万年暗无天日的面孔
仿佛所罗门瓶中逃出的魔鬼
驱遣表层碎石和土壤
向山谷怒吼的岷江
倾下余震威风

仰头，晴空遥遥
田园牧歌遥遥
环顾四周，处处杀气腾腾
年轻军人咬紧牙关
跺掉鞋底泥土
松松负重的双肩
在统一的旗帜和口令之下
以青春的血肉之躯
从流沙飞石的山河中
踩出一条秋千一样晃荡
意志一样坚定的小路

这些橄榄绿的军人
从“八一”南昌枪声中
坚定地走来，从此
走在中华民族的最前沿
击毙“三座大山”
让糖衣炮弹望而却步
让航空母舰航得远远
让祸国殃民闻风丧胆
让叛国求荣昼夜无眠
巍巍然挺立在世界的东方
神龙一般矫健翻飞
在和平年代
军旗如山
虎豹之手掐灭不轨的打探
钢铁步伐，踏平天下灾难

五

在哀鸿凄厉的悲声中
震后垃圾场一样的映秀
挤满中国军人
远道奔扑而来的热血胸膛
快闯过去
快跳过去
向着哭泣的心碎
向着目光黯淡的废墟

向着每一处生命可能的迹象
闯过去，跑过去
伸开青春的双手
快，快
搬掉横七竖八散落成堆的砖瓦
抬走断裂的房梁
拿掉破碎的门窗
铲走埋葬呼吸的尘土
快，快

映秀小学的孩子啊
红领巾映照的嫩嫩绿绿的心扉
快乐小书包的伙伴
画眉鸟飞回春天一样喜悦
哥哥来了
解放军来了
人间的光芒来了
不要紧闭可爱的双眸和双唇
不要耷拉聪明的头颅
不要僵硬飞翔的双臂和身姿
不要啊，苍天
不要流淌这些年幼的殷红
不要夺走这些芬芳的心魂

焕然一新的映秀中学大楼
魂飞魄散了一半

狼嚎鬼哭

孤零零

耸立

一

个

空

壳

任凭泪雨四面滂沱

哎哟一声

另一半大楼陷入大地

像刀子捅进心脏

血未流出

身架

已经倒下

滑入漩涡一样的裂缝

快，赶快

用滚烫的双手融化钢筋水泥板

用军人的品质托举

每一本新书对面鲜活的面庞

啊，苍天啊，不要

不要关闭那年轻的心门一道道

不要混淆课桌与泥土的颜色

不要敲碎方杰老师顶住门框的脊梁

六

一座座青山露出冷漠獠牙
唇齿之间涂满六神无主的哭号
一个个青年从山外勇闯进来
把热血大爱写满废墟每一个角落

5 月 14 日，呼呼呼地飞来了
一架军用直升机停落在山高谷深的
映秀边上的一小块平地
共和国总理温家宝走了出来
带着 13 亿中国人关切的心情
走进惊心动魄、狼牙交错的废墟中
把中华民族战天斗地的精神
把和平国家的团结和友爱
从温暖的双手，深情的目光
滚烫的话语，真切地传送了出来
瞬间照亮汶川伤痛的天空
擦去黯然长淌的泪水

你们受苦了
总理紧握幸存者的手说
党中央、国务院时刻都在关心你们
这场地震让每一个中国人都感到心痛
看到这些情景，我也非常难过
眼前的任务是继续想方设法救人

争分夺秒抢救被困人员
救治受伤人员

在路边一顶油布帐篷里
总理轻声地说道
小朋友，别哭
我是温家宝爷爷
来，握握爷爷的手
不要怕，大家都在一起
你一定能够医治好的
你一定要坚强

走在废墟上，总理说
道路正在抢修
外面的救援正在进来
直升机还要增派
赶快转移救治严重受伤人员
同志们要坚强信心
相信党和政府
大家要努力战胜这场灾害

每走一步，总理都殷殷切切
把祖国的关怀和党的光芒
播撒在这片受难的土地
每看一眼，总理都满含深情
把人间真爱和不屈的信念

种植在这块满目疮痍的土地
在浪涛咆哮的岷江边
温家宝总理跨上震裂的断桥
稳稳地走过去
紧紧握住刚被救出的群众的手
惊得流沙、滚石、余震
屏住呼吸，躲得远远

七

呻吟之声
从血流如注的身上
漫出
往日的生机
被拖向地狱的边沿
只差一步
险些回不到太阳底下的
一个个幸存者
全靠这些
远方赶来的医疗救援队
及时的救助

爱心
顺着分分秒秒的节拍
一点一滴
渗进数日伤痛和逐渐虚脱

每一道眼神
每一双妙手都深情抚慰
这可怕的死神
终被击倒

毅力
穿过昏暗低矮的天空
开辟一片
崭新的开阔地
奇迹绽放
在激情沸腾的红十字之下
一个个身陷绝境的人
终于重返人间

八

年轻的志愿者闯过饕餮的江声
踏过滚石翻飞的流坡
太阳一样出现在雁门乡白水寨
还未散去疲惫和汗水的温度
稚嫩而赤诚的肩背上
早已安全着
羌族阿妈战栗的身心

这些古老的山路，左一弯
右一拐，牛皮绳一样

黝黑而结实，却断断续续
延伸着一个村庄受伤的神经
白水寨，白云流淌泉水的村寨
黄色泥土中走来的古寨
一阵撕心裂肺的震动之后
顺着土墙流淌的方向
飘然倒了下去
阿妈的天空瞬间空了
没有了鸟鸣
没有了手脚的力量
这一刻的毁灭超出了所有想象

一步步，踏着深厚的博爱
绕过一道道裂缝，一个个大坑
暴雨后山路光滑的五月中旬
年轻的志愿者像一只雪白的鸽子
飞翔在梯田起伏的山岭上
心里只有一个画面
惶恐中呼唤儿女的阿妈
一定会露出菜花一样绚丽的微笑
像自己开心硬朗的奶奶

一面面滑坡泛着死亡的蓝光
映照在雁门沟破碎的脸上
让山谷里所有的生灵
惊恐万分之后

发现环身的群山无处可藏
只能沉静如冰雪夜晚
只有走出废墟，勇敢面对
从破碎的心血中
寻找重生的信念和自救的理由
清醒中发现，遥远而来的
身边志愿者的呼吸
一直都是这样的鲜艳，芬芳

九

每天下午准时赶路的河风
自天崩地裂那一刻之后
开始一种新的爱好
煽动从一座座崩塌的山体
纷纷扬扬奔出来的尘土
涂改着 5 月的时光和味道
为墨，为苦，为涩
让每一道目光都浸上泥土的黑
每一片幸存的绿叶
每一碗透明的饮水都落满尘土
让每一双忙碌的翅膀
每一丝呼吸
每一次行走都沾满尘土
并不甘心收手的余震
一次次凶恶地扑来

凌厉的刀锋
一次次掠过幸存者的神经
凋零的群山
一次次倾倒破碎的山石
眼睛看不见的震波
一遍遍清理幸存者的心理

大面积的滑坡四面夹击
要把古老岷江的伟大
宰杀在一种痴心的企图
气囊一样鼓出的堰塞湖
一个连一个，臃肿在河道上
要把投奔大海的千秋行动
束缚在群山之中的岷山脚下
妄想把“浪过庾岭雪
怒挟浙江潮”盖世气概
埋葬在鼠目寸光之下

十

尘土覆盖的岷江峡谷
蓝天白云几乎成了奢望
仰望即将窒息之际
一种声音划破天边的寂寥
在震后第 4 天
由远而近

穿出群峰起伏的山影
从斜而直
响彻县城威州镇上空

所有沉闷顷刻掀翻
度日如年的心情忽然落地
童年少年老年青年纷纷跑出来
踩着欣喜，期盼和渴望
在简易帐篷外的空地
仰望，阅读
昏暗迷蒙的高空上
祖国的关怀终于来了
人人热泪盈眶

仿佛井口抛下的绳索
伟大的国家伸出希望之手
安慰着新生的县城不再飘零
古老的汶川不再孤独
大型运输机牵引这天下午
扶正了东倒西歪的身影
每一颗心脏都跳动铿锵有力

死亡的阴影践踏在重生的脚下
飞机飞来一片片欢欣鼓舞
在承受等待被发现的煎熬中
震后大自然的一举一动

都叫人绝望和无助
即使从虎口夺回亲情，同胞
内心伤痛总也飘不出花香

雪白的降落伞一朵一朵
顺着激动的目光缓缓飘下来
深情的问候和及时的关怀
从隔世的高空直达群山的怀抱
辉映了地面搜救的行动
柔和了威州背水一战
汶川不哭，汶川的背后是中国
国徽照亮梦魇后的汶川更加风采

十一

岁月的心海将永远铭记
2008 年 5 月 17 日
一辆国防越野车心急如焚
颠簸在刚刚铲通的都汶公路
全世界都屏住呼吸，发现
车上坐着一个执政党的领袖
从中南海赶来，从天安门赶来
他夜以继日的胆魄与胸怀
牵动世界格局的变幻
此刻，他面容沉静
目光深邃而深情

沸腾的内心伸出手指
暖暖地，轻轻地
抚摸着汶川这片破碎的山河

这么熟悉的他，是谁
徘徊的岷江在山谷发出疑问
受伤裸露的群山恍然记得
他是中共中央总书记胡锦涛
国家主席胡锦涛
中央军委主席胡锦涛
忘却个人安危，他来了
带着党和国家的力量
带着中华民族坚贞的信念
从东方大地最神圣的地方走来
五千年灿烂文化盛开的伟大复兴
向着余震继续蹂躏汶川的方向
胡锦涛总书记十分揪心地来了
穿过惊涛骇浪的塌方路段
越过一座座临时架设的便桥
闯过一道道张牙舞爪的幽幽隧洞
撕开满山的尘土烟瘴
总书记坚强的身影抵达漩口镇

心，急迫地跨出车门
总书记仔细地询问着人员伤亡
房屋倒塌，伤员救治

乡村道路通行的一切情况
果然，他听到了一声声的欣慰
在搜救群众的废墟上
总书记指示所有救援人员
救人是重中之重的任务
只要还有一丝希望
就要尽到最大的努力
把灾害造成的损失降低到最低
哪些地方掩埋的群众多
专业救援队就往哪里增派
把生命探测仪寻到的任何一个生命
抢救到安全的怀抱中来

猛烈的余震偷偷袭来
胡锦涛总书记挺起胸膛
巍然高大的身躯出现在阿坝铝厂
惨重的灾情坚定了扶持的决心
在返回白云顶隧道的时候
看见山上村庄稳定的神色
总书记要求抢险部队还要深入
带着深深的牵挂，站在寿江大桥
把党的关切价送给千里赶来救援的
沪粤特警和边防民警
一声声嘱托之后
总书记的越野车向着彭州开去

十二

在祖国殷切的目光之下
绿色的水流继续前淌
向着 13 个乡镇 118 个村庄
带去大海的苍茫蔚蓝
送来轻波的凉意与甘甜
擎天柱一样，撑起废墟的脊梁
这些十八九岁二十岁的钢铁意志
撑起了汶川最躁动的日日夜夜

搬走巨石，赶跑威慑
废墟中的恸哭被救了出来
绝望里的伤痛被救了出来
钢筋刺中的大义被救了出来
水泥板封锁的奔跑被救了出来
昏死的目光被救了出来
沉重乌黑的天空被救了出来

撑开海水蓝的救灾帐篷
把村寨的祖父祖母背进去
铲掉路上的危险和山顶的飞石
打通山上山下的精、气、神
背负一袋袋的物资
翻过生死起伏的每一道山梁
这些年轻的脊梁

八九十年代最刀锋的行动
修缮学校医院临时安置点的信心
坚强村寨自救更生的信心
轻轻地，月亮像一张手绢
擦去他们就地而卧的汗水和疲惫

十三

顶着随时被砸进谷底的危险
克枯乡接过威州镇的生死接力棒
向西，铲向更深更窄的河谷国道 317 线
打通汶川向马尔康的西线
迎来从成都奔赴而来的
装满爱心的车队，一辆一辆
驶进唇干口燥的汶川

向东，闯开雁门关
荡平国道 213 线青坡村大面积的阻拦
逆岷江水流勇敢而上
经茂县，过松潘，翻黄龙
绕平武、江油、绵阳到成都
打通东线这条生命线
与时代的经脉一起运转
与国家的脉搏一起跳动

东线和西线交合在汶川

一瓶一瓶矿泉水
一袋一袋方便面
一架一架折叠床
一顶一顶救灾帐篷
一盒一盒婴儿牛奶和饼干
经过政府的手
一一抵达
每一个气息奄奄的安置点

十四

恐怖的阴云未散
战争的风刀霜剑还在
世界忙碌着崇高与卑鄙
现代又古老的文明波涛滚滚
东方与西方轮回着昼夜

亚欧板块的这一场骨折
惨痛了地球上沉默千年的汶川
惊讶了世界的友善、道义与良知
十指连心的人性，海鸟一样飞起
联合国的问候与牵挂来了
国际的紧急援助来了
秘书长潘基文来了
从高峰的纽约飞过一片汪洋
飞过重重历史的厚壁，他来了

在 2008 年 5 月 24 日
秘书长迈着凝重悲痛的脚步
踏进了中国汶川，天下的汶川
霎时，世界目光聚焦映秀
自然的灾害再次震惊人类的心灵

洁然高标的潘基文走进废墟
紧紧握住温家宝总理的手
在深山中泪流满面的映秀小镇
代表联合国的心愿
仁爱的秘书长深深地低下头
为大自然杀戮人类而悲切
为一万多遇难者默哀
向所有幸存的人祈祷，祝福
向英勇的中国人民献上最崇高的敬意
为中华民族伟大的精神而感动
为中国政府及时有效的救援而敬佩

联合国的声音像旗帜一样
缓缓有力地升起，升起
在映秀沉寂了 13 天的天空
光芒一样洒遍寰宇

十五

生命的孤岛，一个又一个

在爱与随时准备牺牲的旗帜之下
前前后后被发现，被救援
慢慢地靠近重生的大陆
在天安门亲切的注视之下
四分五裂的山河开始凝结，团聚
新汶川在祖国温暖中获得孵化
火凤凰一样通红，含梦高歌
咬紧痛苦，决绝而轮回

一顶顶蔚蓝色的怀抱
飘动炊烟的美感和家的信号
每一朵伤痛坚持着芬芳的个性
爱人，爱己，爱震碎的家园
把陈规陋习埋进地底
让健康和使命重组新的秩序和活力
在温度飙升的 5 月底 6 月初
汶川的手，一只掀开废墟
收集远去的姓名和灵魂
一只在鲜红十字的照射下
歼灭一个个乘虚而入的病菌
干净每一缕透亮的时光
每一寸崭新的土地

十六

救援直升机 92734 号机长

邱光华犹如一束光芒
在5月31日这天下午，永远地
射入震源映秀镇的蔡家杠
万众瞩目的时间和地点
让岷江边长大的这个羌族汉子
义无反顾地投身灾难深处
一个慷慨壮烈的英雄
5月羊角花丛中最美的那一朵
火红的骨血让山河为之歌唱

他妩媚芬芳的一生多么重要
天地间叱咤翻飞5800多小时的精彩
高高挺立在军区独立团的枝头
再过11个月，他可以灿然成果
含笑行走在温暖的大地上
然而，仿佛注定为了堵截灾难
邱光华以最后一个坚决飞跃的姿势
击沉了地狱魔爪锋利的潜行

不忘人民养育恩
邱光华回到了故乡的怀抱
抢运了一批批急需治疗的幸存者
为了人民敢献身
邱光华挽留了一个个漂移的家庭
天空降下了一场感激的雨

9 名被掩埋超过 100 个小时的同胞
在邱光华的腾飞与停落之间
逆转了时空万古的方向
马元江，这个意志顽强的先锋
废墟下坚守 179 个小时
经过邱光华的信念和爱的技术
终于重返今生今世的此岸

一腔心血凝结成忠诚
从凤凰山到汶川高山峡谷间
机长邱光华飞行了 69 架次
多少诡谲的风云为之敬佩
多少人间正气为之高歌赞美
多少勃发的新生为之深深痛惜
英勇的邱光华收藏了汶川全部的仰望

第五乐章　回来真美

一

高高的石纽山上
忙碌的身影在烟云中
新的信仰正在传承
新的石刻正在开凿
生命来自山水，也来自上苍

太阳的光辉凝聚在手中的工具
吭唷吭唷的号子绵延篝火的活力
石头和泥土紧生在一起
感恩禹王的祠堂安静在松柏身旁

有天就有地，有山就有水
有儿必有父，有女必有母
没有父母穿越生死的庇护和养育
禹的神功与欢悲苦乐将迷失山林
禹的灵魂与使命将遗弃草丛
感恩从禹的父母开始

烟火缭缭，心性冉冉
一代代子嗣遍种九州四海
来来去去拜祭一次次
刳儿坪圣母祠走出沧桑
圣光照彻山水，远远近近

如掌的土地上，人烟稠密
顺着山坡道路的下移
圣母祠出现在山脚飞沙关
敬仰的心魂翠绿坚贞不屈的使命

许多年后，一个崭新的日子
虔诚铺就的恭迎声中
圣母祠，被请至岷江河边
大禹坪的绵虒老巷
巍峨高大，气宇轩昂

石纽山上情思依依
飞沙关上敬意切切
时光流进当代
红旗飘扬的玉垒山下
新汶川顺流而航
缅怀之心托举古老的圣母祠
稳稳生根在姜维城上
三山竞秀二水争流的韵致中

洁白而深刻，是大禹的脚步
一直行走在岁月的脊梁之上

二

天漏了
暴雨轰鸣而来
不分昼夜
闪电穿刺着海水
震撼大陆的河山
凛然，所有生灵迎接雷霆
穿透心扉与骨肉
无论呼吸大小，根底深浅
就这样，亿万年岁月过去了
简单的生命过去了
游动的、爬行的、飞翔的
一代代古生物过去了
人类的祖先过去了
梦想与生存的血缘沉淀体内
经过复制、演绎、变迁
适应、转化和遗传
直达当代，抵进未来

就这样，坚决而别无选择
我们被大自然所创造

磨砺，淘汰或强大
有生那一天就注定了坚强
庞大，选择，适应
天人合一地轮回
生命在于过程
结局是另一形态的开始

智慧创造人类世界
人的胆魄超越有限的时空
所有物质无所谓生
无所谓死
无所谓你死我活
所有的心血都流向明天
流向未来
流向梦想托举的新世界

天空敞开心怀
干干净净

所有伤痛埋在地底
所有不平等、杀戮和血腥
所有泪水、疾病与恶习
所有自私、贪欲、邪气
被明亮、活泼、健康所代替
被芬芳、美丽、文明所更换
一切的来覆盖一切的去

一切的夜晚分娩一切的白天
灵魂安宁，生命永远

三

流星雨飘飘洒洒在太空中
地球蔚蓝而宁静，不改初衷
台风携着海啸积聚时机
地壳深处的火山
彻底打破了电闪雷鸣后的寂静
冲天的温度融化了世界表情
火山灰封死了希望的大门

风雪在冰雹的簇拥之下
盘算着占领高地的诀窍和速度
北极、南极、大陆、海洋
绵绵高山，滔滔江流
平畴沃野，山地丘岭
无一处不是落脚欢歌的理由

从人类来到万物之前
那一时刻开始，灾难与人类同在
人类的呼吸、运动和递进
与植物的根茎叶和花朵果实
再到河流山川的任何生灵一样
都在获得饮食、力量和信念

都在受到毒害，侵扰和考验
只有人类获取了生存的最高权利

这是何等的快慰与幸福
超越天设的一道道界限和约束
绵延着种群的心灵和方向
这是何等的优越与豪迈
大地成为家园，智慧的源泉
任何角落都是人类勇敢的沙场

与天斗，斗出叱咤风云的好身手
与地斗，斗出驰骋千里的胸怀
与天地斗，斗出雄心壮志
与自然斗，斗出人类的文明与进步
与万物斗，斗出立马昆仑的品质风范

生物演进深入人类血液
从微小到庞然的变异
每前进一步，人类都带着血伤
带着一切生物所有的优势与宿命
每一次呼吸都饱经沧桑
每一次飞跃都高举胜利的旗帜
强悍横扫一切阻障
当海风梳理远眺的目光
天地之间
微笑着一代代继往开来的人生

四

再也无法回到毫无提防的从前
5·12 是一道鸿沟
它巨大，深刻而宽长
赫然横亘在幸存者的命中
猝然撕裂喘息在幸存者的梦中
这可是每一个亲历者的不幸
这可是每一个幸存者的呓语
每一个勇敢者无法抹去的记忆

即使手指还可以触摸到未倒的房屋
目光还可以走近四面的山河
脚步可以穿越无数的深渊
胸膛可以贴近文字照片
即使寂然倒地的火塘燃出了火光
崭新的道路翻越重重覆灭
满峡谷的尘土落下
村庄与城镇，昂起头来

心，总是空荡荡的
不能依托，不能欢笑
不能像童年一样的浪漫纯真
虽然阳光依旧灿烂
清风活泼可爱
心总想缝合破碎的时间

回到这道鸿沟的对面
回到5·12的上午和正午

是的，很想，很想
噩梦只在那暗夜的梦中
只在惊天呻吟的一刻
鸡叫了，天亮了
炊烟和朝霞飘满群山
溪流和飞鸟清澈了双眼
这苦难，也该翻山远去的啊

沉沦与幽怨，幽灵一样徘徊
仿佛在等待一声福音
天光一样透彻每一个灵魂
祖先一样沐浴每一个儿孙
去吧，去到坚强的地面
顺着群山升腾的方向
看见族群波涛滚滚而来
磅礴的气势击碎所有的短暂
一生就是人类
每一步
都渗透了彷徨与忧伤
都闪亮着孤独、期待和歌唱
每一滴血管里的鲜红
每一声骨肉间的挺拔
都在捍卫一个

不可战胜的思想
走向未来
走向儿孙的祖先
走向文明递进的勇往直前

是的，火焰中奋飞的凤凰
与世界友爱，民族情感紧紧相连
与国家胸怀一起呼吸，共同发展
汶川精神焕然，走出悲伤
每一分每一秒都渴望夺目璀璨
每一村每一镇都释放不凡的气度
紧握时代脉搏
在文明的涛声中
扬挂高帆，驶进碧海蓝天

五

明亮的说话声把我带出梦境
借着熹微的光线，我离开床头
嗅着老屋子的气息，我知道
今天新房就要破土挖基脚
来帮工的亲戚家门围坐在火塘边
一碗一碗，接过母亲的热忱
让煎蛋的玉米酒呼唤出血管中的激情

踩着兴奋和期盼，我绕道来到工地

看见熟悉的锄头、簸箕、木铲、背篼
绳子、白灰、水桶，比我来得更早
各就各位，在清晨的凉意中
等待意义和使命复活在主人的手中

在画眉甜美的歌唱声中
从对面东方山顶上
更多的光线倾泻而下
阳山上的村寨，一个接一个
睡莲一样浮出幽静的夜晚

带着梦想和干劲，所有工具青筋暴胀
朝着经验与预想的方向，奔跑着
不多的时辰中，崭新的泥土堆积如山
齐人深的房基坑道，四通八达

一堵古老的墙壁满含慈祥
走进一上午的喜悦
在宁静中，与遥远的祖先重逢
完成了过去与现在的对接

古老的心血回到未来的现实之中

附录

汶川精神

汶川精神是一种怎样的精神？是汶川文化的精神，还是汶川历史的精神？是抗震救灾的精神，还是重建家园的精神？是汶川的精神，还是整个中华民族的精神？

这些问题，在当前或者今后一段时间里，都是很有必要弄清楚的问题。为什么这样说呢？因为汶川是“5·12”特大地震的震中，以之命名的地震，使得汶川从一个具体的地名上升到了一个抽象的符号，也就是说，汶川这个词语，在这次巨大灾难之后，已经超出了一个地理地域的基本界定，同时，也超出了一个行政管属的基本范畴，上升到了一个举世瞩目的附加有其他内质的特定符号。影响深远的汶川大地震，历史性地成为了21世纪初备受世界关注的一个焦点，与后来的北京第29届奥运会、纽约华尔街金融危机一样，不可逆转地成为了2008年度牵动全球神经的世界大事。

汶川精神就是在这个时期体现出来的一种精神。那么，应当怎样来正确理解这个汶川精神呢？其实，这既是一个客观实际的现实问题，又是一个十分严肃的历史问题。之所以现实，是因为正在经历，正在凝结，正在发生，正在弘扬和书写；之所以是历史，是因为过程与结果一样重要，世界需要最终的好的结果，期待的结果，但是从不忽视过程的曲折和丰富，主要和本质的区别。

对于汶川精神的理解，首先要有一个健康的认识，它不是一个狭隘的地方精神，也不是某一个人兴之所至或者某一些人别有用心的一个称谓。从本质上讲，汶川精神是整个中华民族精神的一个部分，从属于国家精神，是当代中国精神的一个组成部分，绝不是一个简单的普通名词。

其次，必须明白汶川精神的实质是什么？究竟有哪一些具体的所指和确定的含义？汶川精神最核心的实质就是人的精神。它是以“5・12”特大地震为前提，以震中汶川这个词语来命名的一种新的精神，就像绿色有嫩绿、浅绿、深绿、墨绿一样，汶川精神也有几种逐步加深的层次，大的说来，有三个层面清晰、相互交织影响的含义。第一层含义，也就是汶川精神的结点，毫无疑问是汶川人的精神，这种精神不是今天想当然才忽然产生的，而是从五六千年甚至更早以前的新石器时代英雄的祖先开始，在岷江上游的姜维城和营盘山等地逐渐发育、繁衍并且代代传承下来的精神，战天斗地、开天辟地的精神，大禹治水“导江岷山”的精神，古蜀族开疆定国的精神，沧海桑田成家园的精神，是勇于自救并敢于抗击各种灾难的精神，并且，由此扩展开去，汶川精神就是整个灾区人民的精神。

第二层含义是“5・12”汶川特大地震之后瞬间凝成的自愿者精神。这是当代中国品质的一道亮丽的景观，是当代中国人伦理、道德、修养、价值、人性的自觉流露和适时的表达。这种精神，一直从震区之外的四面八方源源不断地涌来，没有性别，没有年龄，没有姓名，没有约定，没有私心，没有报酬。唯有一个目标就是地震灾区，唯有一个目的就是救人，唯有一个选择就是把人间温情亲手交给孤岛绝境中的同胞，将个人利益与生死置之度外。这是何等的单纯，又是何等的高尚！这是中华民族五千年文明积淀与当代世界文化交流，作用在当代华夏子孙身上的一种热血张扬和自觉放光。

汶川精神的第三层含义就是国家精神。这种精神的存在，是以一个民族、一个国家脱离别的民族和国家的殖民和奴役而独立于世界的一种主张和反映。国家精神在中国，即是中华民族的精神，是中国共产党领导下的民族精神。这种精神集中体现了56个民族的发展意志和前进选择。没有共产党就没有新中国，这是无数智慧勇敢的中国人用鲜血和生命浇灌和呵护着的真理。在这个政党的坚强领导之下，战无不胜的中国军人在第一时间，出现在了“5·12”汶川特大地震的现场。那时的天空还很昏暗，那时的余震和次生灾害正在此起彼伏交替发生，大地动荡不安中的受灾群众与当地党政一道正在咬紧牙关奋力自救。中国军人和全国各族人民，在党中央和国务院的统一部署和指挥之下，万众一心，众志成城，坚强面对，勇敢抗震救灾，昼夜不断，终于夺取了举世震撼的伟大胜利，书写了人类历史上成功抗击自然灾害的崭新篇章。

这就是汶川精神。但是，从内容和时态上来看，汶川精神应该包括两方面的内容，一是抗震救灾的精神，二是灾后恢复重建的精神。灾后恢复重建的主体是全县13个乡镇、118各行政村，另一个主体是对口援建的广东省，双方心心相连，携手建设美好和谐魅力新汶川。这两方面内容，共同阐释着汶川精神横空出世、非同凡响的中国品质。“5·12”特大地震的震中汶川与其他震区一样，是灾难不幸的，然而，在社会主义制度“一方有难，八方支援”的救助和援建之下，各个重灾区千家万户又是三生有幸的，除了得到及时的生命营救之外，还得到了世上罕见的心理营救。因此，汶川精神不仅是一个地方一个时期的特定表现，而是一个国家着眼长远、平衡发展的综合体现。一些国家在人道主义的旗帜之下，也许可以实现抗震救灾，但是，将灾后物质家园和精神家园的恢复重建与抗震救灾融为一体的重大决策和举措，在非社会主义制度下的国家，简直是一个近似神话或者天方夜谭的行动。

所以，汶川精神的出现，决不是偶然，而是历史的必然，是改革开放30年之后，中华民族精神在重大灾难面前的又一次提升和演绎，是当代中国人精神财富的一种自然释放。汶川精神在全球，也只有在中国才能获得如此具体、充分的体现和传达。可以说，这种宝贵的精神，预示着中国未来的方向是正确的，明朗的，浩然大气和不可阻拦的。

2009年5月3日星期日于昆仑书院

原载于《文艺报》2009年5月12日

“地震周年纪念版”

只有慈悲才能听得清

——四川省作协2009年“抗震文艺与中国精神”座谈会上发言

去年5月12日星期一下午那一刻突然降临的灾难，对于整个灾区每一个不幸的生命来说，是一个不曾预想的灭顶之灾，对于幸存的每一个生命而言，则是一场强大的不可更改的可怕的惨痛遭遇。周年过后理性回望，灾区内外都有着怎样的差别和有效的理解呢？

首先肯定的是，灾区之外感受地震与灾区之中经历灾难，中间必然横着一道很厚、然而透明的玻璃墙。而幸存者与不幸者一样，一定是深受了地震这个恶魔的严重摧残与无情蹂躏，区别在于前者仍然活着，后者不再活着。

其次，身处震中汶川的我，深有感触的是，对于不幸的遇难者，除了祭奠，还要缅怀——分门别类的缅怀，实现真正意义的缅怀，不仅缅怀人，还要缅怀那些曾经给予人类饮食和风景的植物，还要缅怀其他所有无辜的动物，甚至埋葬的道路，死亡的泉流。对于有幸活着的每一个生命，除了第一时间集中关注人之外，还要逐步尊重、理解那些同等重要的动物、植物，应该清楚，它们的身心同样遭遇了很深的伤害。而在这里，因为时间与空间的关系，只想侧重谈谈幸存的人，让悲悯的情怀去有效地接近、理解、尊重和表达，进而有用于这些幸存的人更加有幸地生活在这个时代，这个国家，这个努力进步的社会。

“5·12”这场灾难犹如激光扫描，噩梦经过，病菌侵入，已经实实在在地储存在每一个无辜的生命之中了。这，需要心灵才能看得见，需要慈悲才能听得清。这一年来，我清清楚楚看见了这场灾难作用在生命的各种表象。很多生命的心理都不自觉地定格在“5·12”那一瞬间，他们身体中的一些时间也仿佛已经凝固。苹果到秋天，还是那样大小，玉米到收获季节，也没有往年健康和粗壮。现在或者以后，都会有这样一个不容忽略的现实，表面上，很多生命都在今天，而客观上，却徘徊在“5·12”阴影之中，有的也许还滞留在“5·12”之前的种种回忆之中，也就是说，幸存者还生活在不同的时间刻度上，有的赶上了，有的则落后了，有的甚至丢失了时间。这就是“5·12”作用于生命中所造成的个体差异，只有分门别类地看见，才能有效地尊重和抚慰，才能有效地逐渐驱除和彻底消灭。令人欣慰和看得见的是，受伤幸存的生命多数都自觉不自觉地行走在回归的路上，包括路边那株矮小的棕榈树，那些植物化石银杏树的年轻的后裔，绿色生机正在一点点覆盖去年的枯萎，而有的生命也许还要走上一辈子。

顺便也谈谈“5·12”之后不到一周年的家庭重组，再谈谈口口声声的感恩。家庭重组，是地震之外的社会学概念，这种用词很不适合灾区幸存者的实情。我将灾区中痛失夫妻之后的男女组合，称之为灾区生命的异性抚慰，这是不幸者在天堂也愿意看见并且祝福的一种抚慰方式。

幸存的婚姻经历者，因为爱人的失去，已经走到生命的尽头，触摸过死亡的狰狞，身心飘摇，几乎灵魂出窍，生命的季节几乎到了风烛残年的地步，本能地需要着一个物质的陪伴，异性的相随。这种陪伴和相随，是同一时态下的心理密度和情感期待的反应，远远超出了生理学、伦理学、社会学、道德学的范畴，而成为人类一种全新的有效的抚慰方式。这个时候谈感恩，相当于对一个被救的癌症患者说感恩绝症的救治者，是一个不怎么人道的做法。虽然，知恩图报是人性崇尚的一种，但是，在这样一个“惊弓之鸟”“如履薄冰”的时期，对忙于“飞离”和“赶路”的幸存者来说，真正意义上的感恩是不是，可不可以，暂时缓行一下？等他们都走出险境，缓过气来，再谈感恩好不好？更何况感恩是花香，应当是自然散发的。

2009年5月12日于地震周年

凌晨震中汶川昆仑书院

我想说出

从成都平原往北望，是一片苍苍茫茫的群山。那里是都江水暖最高的源头，那里是蜀都锦江出发的上游，那里是众水歌唱着舞蹈的乐园。那里既有古老的羌族麻布长衫一样厚实耐磨的粗大山野，也有羊角花一样徐徐打开芬芳香甜的细致文心。

群山掩映，我看见了这颗文心逐渐的晶莹与齐天的幸福。最早的羌语空气一样，溪流一样，烟云一样，孕养着千山万水中一个个村庄，从历史，从神化，从传说，从考古，一步步走进我的肉体，徜徉我的心怀，终于化作无法割舍的一部分灵魂。恍然明白，我不是全部的自我，我是村庄的一个部分。那一年，我 12 岁，小小矮矮的少年，懵懵懂懂地离开了村庄的视野，因为一个民族的身份来到县城，来到普通中学民族重点班的里面。不知不觉中，我把村寨的美和炊烟都带进了教室，带进了国语作文的字里行间。老师说，他闻到了里面带着阳光味道的那些槐花和麦苗的清香了。18 岁，我走进普通高校，更多的文字让我的眼睛和脚步越加兴奋，于是，仿佛更多的泉眼汇成一条溪流一样，我的许多梦终于汇成一个梦——那就是我想说话！是的，我想把群山之中路的过程，田的过程，羌寨的过程，碉楼的过程，山歌和羊皮褂子的过程，包括梦的过程，都说出来，说给这个世界，也说给群山，说给故乡的早晨和傍晚听。这个想法从产生到现在，一直都还在行走的道路上，也许要用一生的经历和心血，也许要用几世几代，甚至世世代代来共同完成。令自己温暖和欣慰的是，这个想法并没有因为天气和气候的变化而枯黄，也没有因为土壤和大地的差异而遗忘，相反却远离了虚空与臆想，越加真实、坚定而可靠了。

浩浩涌动心中的情感，一天天潮涨潮来，充满巨大的能量和无限的期待，充满感谢！感谢天空那蔚蓝诡谲的诱惑，感谢大海那浩瀚无垠的召唤，感谢脚下大地幽邃广袤的情怀，感谢长城，感谢太阳，感谢五星红旗自由高高的飘扬，感谢960万平方公里的祥和。

掩映在巍巍岷山脚下的千沟万壑之中，我喜欢大地深处传来的灵魂千古滚滚不停的气息。我感受到了时间与空间整体的和多重的律动。我的心中有着火山滚烫的积蓄，有着江河奔流的激情，有着雪峰巍然的高度，有着森林原野连绵的苍翠与辽远。即使我又那么真切地看见了民族步履的艰辛与缓慢，又那么真实地听到了山水深情的召唤和呐喊。虽然我的心也痛了。

我的心也红了，也许更红。那时，我一定可以看见村庄里面的需要和旋律，可以看到火塘最初的渊源，可以看到祖先手指的方向，可以看见生命可以到达的深度。甚至，还可以深入大海深处，去寻觅江流湖泊的归宿，可以在太阳光芒中亲吻更多生命的微笑与泪水。然而此刻，窗前的花香抚摸着我的眼睛，犹如盛世中国60周年的喜庆滋润我一腔的感激！

2009年9月26日于北京，鲁迅文学院

原刊载于《文艺报》2009年10月17日

巨大灾难中的痛和写

远离了那场巨大的灾难之后，现在我的状态都很好，请允许我首先表达我作为一个作者的内心最真实的感激。

我感激在汶川特大地震当中还能活着走出那片破碎的天空，我感激在这场灾难之后一系列次生灾害中我还能守住阵地，我感激妻子儿子给予我的全部寻找、呼唤和牵手，我感激苍天给予了我除家庭和工作之外的更多的无私和同情，我感激那么多友善慈悲的心灵在遥远的天空下为我祈祷并且祝福，我感激我能够活在这样一个坚实的时代，我感激天安门的五星红旗和中南海火红火红的心。

是的，我感激。我的感激，绝对不是棒槌敲打锣鼓发出声音的那种，而是用我的人、我的心、我的文字、我的眼睛、我的灵魂、我的具体到每一件亲手经历的事情。因为，我确确实实感受到了前所未有的痛，前所未有的死，前所未有的生，经历了前所未有的披着死亡光芒的写——不堪回首，却也值得记忆的写，至少，我是写出了一个生命身处大自然巨大毁灭的能量之中的不屈的精神和生动的智慧！

我的痛与我的写一样，是多种重叠和交叉的。大地震一发生，汶川天崩地裂，到处飞沙走石，整个峡谷一片黢黑，完全被坍塌山体激起的尘土笼罩了，所有生灵无处逃生，只有绝望，哭天喊地，茫然无助，被动毁灭。山上垮塌的岩石在黑暗中奔跑，有的撞击在楼群的腰部，有的滚落到河床，发出一声声吃人的巨大声响。大地反目成仇，颠簸不止。我的痛，是生命的痛，被这强大的力量撕扯分裂的痛，也是所有经历者的痛，包括那些后来才看见的破碎的楼房、桥梁、树木、庄稼、道路、田园和曾经满山的绿草的痛——所有时间和空间被扭曲，历史和心血被毁灭的痛。我的眼睛随着我的内心，寻找着文字的形态。我要说出这些多重多种的痛，我要写出这些痛的交织的出现和深刻的存在。当我把双方已经签订好的合同以快件形式退回作家出版社的时候——感谢出版社没有追究我违约的责任，我知道，我的写已经不是一个简单应时的写，而是负责尽心的写，因为我非同寻常地看见了整个事件的深度，被这个深度暗示成了山川生灵受害毁灭的一个代言。

其实，我的写作经验、审美理想和生存意义远远不止于此，因此，我的痛与我的写一样，是历史的，也是民族的。因为我是汶川人，我是羌族人，在灾难尚未到来之前，我已经无可挽回地爱上了自己脚下的这片土地和自己生命出发的这个民族，我必须在这个大悲大痛大慈大爱的时机中有所思考，有所表达，有所维护，有所确立和张扬。于是，在组诗《汶川之歌》被《民族文学》特别推荐连续发表的背景下，我进一步抚摸着这一片破碎的山河和内心最终的需要，一步一沉重地走入了长诗《汶川之歌》（暂名）的书写。这是非正常状态下的书写，天都知道，这是朝不保夕的危机之中的忘我抒写！想着这种书写，就可以想见我这一个羌族诗人的心。这个世界，这个足够宽容的世界，那时我想，可不可以像大地震和它的次生力量一样，虎视眈眈地允许着我的状态的存在和诗情的延生，也允许着我身体与灵魂双重交织的痛和写的这般要命的出现？

经四川省作家协会推荐，这个作品最终被中国作家协会评审为2008年度重点扶持作品，在作家网上公布：“杨国庆（羊子）是来自汶川的羌族作家。在他眼中，汶川是一片神秘古老的大地，有着丰富独特而耐人寻味的文化底蕴和历史资源。‘5·12’大地震发生后，世界仅仅知道了灾难的汶川，对古老而现代的汶川缺乏了解和认识。他的长诗《汶川之歌》将对汶川精神属于人类精神范畴进行形象、鲜明、具体、生动、深层的抒写和思考，让世界通过诗人的视角和情思，看见汶川特别的美，欣赏汶川永恒的歌。作品将以‘我’为抒情主体，立足当代，抒写岁月天空下汶川社会和自然的生态，揭示出汶川山河给予这片土地上的人的苦难与幸福、自足与奋进，并将古蜀文明与岷江文明有机地结合起来，让世界的目光走进汶川，走进岷江上游，认识社会发展的一种步伐。”

是的，还有什么比自己如此清醒深度地看见，如此大胆要命地书写更加重要，更加崇高？虽然，那时，还十分明显地感受到着一张血盆大口始终没有放弃汶川，始终没有放弃一个古老得凄惨的民族。因此，我真是一个幸运的人，真是一个认真的人，做着一件认真的事。因为那些认真的痛和认真的写，险些几次昏厥甚至出离悲愤，我终于被圣洁的亲情生拉回来，被时代、被更多的真情特别地看见和支持，呐喊和期待，所以我感激。我的感激是真感激！

2009年9月28日于北京，鲁迅文学院

原载于《当代文坛》2009年增刊

“抗震文艺与中国精神”

“羌和汶川”与“我”的一次交融

——第20届全国图书博览会《汶川羌》首发式上致辞

站在这里，我怀着荣幸和感激的心情，感激着能够拥有这样一次万分宝贵的发言机会。

像我这样的作者，这样的诗人，生活在重山环绕的岷江上游，被苍茫巍峨的岷山所掩埋和遮蔽，被孕育和期盼，吃尽坚强，锲而不舍，犹如脚下这条万古奔流的岷江一样，终于撕开亿万年的地质封锁和传统习性，在中华大地之上，在辽阔海洋的目光之中，在蔚蓝浩荡的天空之下，流淌着属于自己血性的诗歌。

随着日月在生命当中分分秒秒地积淀和幽深，羌和汶川，这两个普通而且古老的存在，地理和历史、文化的存在，在我波涛滚滚的心潮之中默默灿烂，熠熠发光，最终，在温暖照亮我的同时，彻底晶莹并且深刻着我的灵魂。感谢诗歌，让我与“羌和汶川”完成了一次生死相逢和三生相融。眼前这个世界，才这样宽容，特别，具体地接纳了《汶川羌》这首迸溅着山精地脉和人之心性的长诗。

多么荣幸！多么感激！像我这样的作者，这样的诗人，这样的作品，这样的诗歌。在这里，我不得不说出，“我”是从3000年前甲骨文中所代指的那个区域，那个民族，那种生产和生活方式——“羌”中走来，穿过无数的祖先，穿过比3000年这个具体时间更多的时光，穿过众多的生生死死，死死生生。从这个角度来说，“我”的走来，是一个民族精神的走来。从世界关注的角度来说，“我”的走来，是汶川这个家园诗歌的走来。同时，我心里还十分明白，我的生命很小很小，我的诗歌很小很小，犹如一块纠缠目光的化石，但是，不可否认的是，从我的气息和诗歌的形态，迎面吹来的季风不难发现，这块化石背后曾经鲜活的时代、气候、地层、物种、精神需求和心灵状态。

我想，我的这种努力，是物质存在的一种努力，是区域与种群的一种努力，是生命个体的一种努力。这种努力，在这里，在今天，终于以这样一种通俗易懂、约定俗成、与时俱进的方式，完成了一次千古交融，一次可供参考的外化。

多么幸福！像我这样的诗人，这样的诗歌。

最后，请允许我在心中，默默长久地感谢！感谢给予我和长诗《汶川羌》以存在的一切恩赐、关怀、帮助和期待。

2010年4月24日于成都昆仑书院

关于《汶川羌》的一点创作体会

庆幸的和不幸的

《汶川羌》是第一部长诗，作者的，也是作者属于的这个民族。

这首长诗从遥远中走来——客观地讲，既可以是时间上的遥远，也可以是地理空间上的遥远，民族心理上的遥远——不知走过多少个世纪，翻越多少重山水，终于在羊子这个诗人的心中完成日积月累，仿佛火山喷涌而出，穿过沉闷的中国西部的大地和羌族的死亡一般寂静的等待，冷却成册，迎面砸进众多的目光与文字之中。

庆幸的是，我正是这首长诗的作者。

我比任何人都清楚，《汶川羌》在历尽无数的轮回走来，当他从我的手中来到这个物质的漂移的杂糅的世界的时候，已经不是他的全貌了，——肯定不是，因为我的狭隘的粗糙的笨拙的双手，客观地限制了《汶川羌》本身的体量和长度，生生地扼杀了《汶川羌》更多的可能和本来的面目。接着不幸的是，在出版过程中，《汶川羌》也有一些损失。

为此，《汶川羌》是可怜的，不幸的，值得同情和继续期待的。

中国重点扶持作品

《汶川羌》原名《汶川之歌》，是 2008 年度中国作家协会重点扶持作品 121 部之一，是该年度“抗击自然灾害专题”15 部作品之一。

2008 年是一个不同寻常的年份，——大悲，大喜。喜的是在 8 月，中华民族数千年的文明大地上，第一次迎来了举世瞩目的奥运会。悲的是在 5 月，这个喜事尚未到来之前，这个大地上就爆发了举世震撼的汶川特大地震，损失惨重，死亡众多。

作者是这个巨大悲惨事件中的遭遇者，承受者，幸存者，抗击者，建设者，见证者，记录者和创造者中的一个。

这 8 个身份，都是真实的，有着时间的先后和叙述的强弱。

我们不愿意再回首，是因为这是一次真正意义上的逃生与幸存，不是演习，不是演戏，那是世界末日，灭顶之灾。谁愿意回顾？

但是，因为祖国的存在和党的领导，身处震中汶川的人，——本土居民，外来的工作者、经商者、志愿者、援建者和途经者，在灾难发生之后表现出了前所未有的坚强、团结、宽容、牺牲和奉献。

作者是一个诗人，无论诗篇多寡，首先他本身就是一个诗人。这个身份的存在，让他在遭遇灾难之后抖落无限惊恐与伤痛之时，喊出了自己的心声，被中国作家协会清楚听见，并且向更多的人们宣布：“杨国庆（羊子）是来自汶川的羌族作家。在他眼中，汶川是一片神秘古老的大地，有着丰富独特而耐人寻味的文化底蕴和历史资源。‘5·12’大地震发生后，世界仅仅知道了灾难的汶川，对古老而现代的汶川缺乏了解和认识。他的长诗《汶川之歌》将对汶川精神属于人类精神范畴进行形象、鲜明、具体、生动、深层的抒写和思考，让世界通过诗人的视角和情思，看见汶川特别的美，欣赏汶川永恒的歌。作品将以‘我’为抒情主体，立足当代，抒写岁月天空下汶川社会和自然的生态，揭示出汶川山河给予这片土地上的人的苦难与幸福、自足与奋进，并将古蜀文明与岷江文明有机地结合起来，让世界的目光走进汶川，走进岷江上游，认识社会发展的一种步伐。”

作为诗人，我必须回顾，回味，反思，重蹈，揣摩，超越，新生，重生，永生。并且，穿过 2008 年，上溯到作者这个民族的根脉，甚至人类的起源，一路回来，再次穿越 2008 年，直向更遥远的未来。

这就是这部重点扶持作品的经线——时间，而这部重点扶持作品的纬线就是地点。地点的结点，是与时间的结点 2008 年相对应的汶川，然后，与纬线对应的经线，分别是更加遥远缥缈的无法确定的地点，继而是草原，高原，最后是岷山，岷江上游，也就是岷的山和水，最后是一个未知的美好的家园。

结构与节奏

作为一部长诗，结构的处理与把握都非常重要，节奏的需要和推进也是举足轻重，不可小视。

上部是遗传渊源，中部是痛过怎样，下部是这般现实。在诗情和表达还没有进入之前，作者必须要和这个时代的眼睛和读者进行交流和沟通。因此，在上部之前，出现了“开篇”的引子，在下部之后，敲响了“煞尾或者过渡”的钟声。而在出版中，中部却被修改为“灭顶之痛”。

我以为，结构是一种需要。因为，在《汶川羌》之前，我的眼睛里，已经走过了《山魂乐章》和《长河一滴》这两部依次而去的长诗。它们本身的离去，却留下了这样的一种韵味。

而篇章内部的节奏则是疏密相间，快慢相衬，松紧配合的。

这是作者对于读者的一个尊重的表现，也是对于当前时代的一个尊重。

关于上部、中部、下部

上部、中部、下部是结构上的区分和配合。

上部遗传渊源是对于祖先和族群的过去与现在的一种记忆和书写，也是诗人生命中的品质的一个把握和呈现。且远且近。远到目光之外，近到手脚可触。

中部痛过怎样是灾难真实的展开与呈现，是痛与爱的一次大交响。——爱，爱到心口；——恨，恨之入骨。痛过怎样，既是关切的问，痛得如何？也是随意地说，关我屁事！无论是问，还是说，我都必须客观而且正面地书写，对，必须客观，必须真面，必须真实。

下部这般现实是劫后余生的一个超越与浴火新生。这是在时代的背景下，在众多关怀下，灾区生活精、气、神、色的一次勾勒和凝聚。是飘逸与浪漫的结合，也是现实和历史的结合。

从上部到下部，是从野性开始，到人性结束，在内容上形成一种递进和呼应，尤其加入“开篇”与“煞尾或者过渡”，加强了主题的回环与命运的跌宕起伏。

羊子、作者与我

这是一个人的三种说法。

羊子是一个诗人的名字，是《汶川羌》的作者。作者是相对于读者的一种称呼，便于对应和区别。我是本文的叙述者，书写者。

羊子是作者，作者是我，我是羊子。

我们从来没有分别，就像一个人既是父母的儿女，也是自己儿女的父母，也是老师曾经的学生。如此而已。

而这三者，结合在一起，就是行使法律权利的姓名：杨国庆。

2010年6月22日星期二

见证的力量

一

见证，就是看见，经历，证明和说明。我是一个诗人，我见证这个时代，也见证历史，甚至未来。我见证人世间的这一切，也见证承接这个人世间的物质世界和整个的宇宙。见证的力量，来自一个生命的责任，也来自一个诗人的使命。

二

我的寿命是有限的。这种有限可以用直尺量，掐指算。随便取一把小学生的直尺，以 1 厘米当作 10 年，我的一生最多就是 10 厘米；如果用 1 毫米当作 10 年，我的一生不足 1 厘米。用手指掐算，从拇指、中指、无名指到小指，每指 3 节，每节 10 年，四指 120 年，我的寿命就在四指之内。从这样的长度来看，我的寿命真是微不足道。

然而，正是因为这样的微不足道，我的生命才生长得如此节制，而且缓慢，珍贵，——与众不同，扣人心弦。

因为我是一个独立的人，一个真正的诗人。我的长度连接着我的亲人，一头是我的父母，一头是我的儿女。由此，我的生命连接着我的祖先，我的后代子孙，我的族群。最终，我的生命连接着人类，连接着大千世界，整个宇宙。

也就是说，我的生命是宇宙的一个分支，人类的一个分支，种群的一个分支，家族的一个分支。也就是说，我的诗歌是文学的一个部分，文化的一个部分。

我有限的生命，因此弥足珍贵，不可替代。因此不可更改。

三

是一场险些灭顶的灾难，让我更加快速、准确、深刻、责无旁贷地看见，并且说出身体里面和外面的一个个真相，同时，说出一部分真理——生命需要经历，时代需要见证，诗歌需要分娩。

于是，在呼吸、饮食、休息、奔忙、幻想、松闲、无聊，甚至在性爱的一次次过程中，我遭遇到了我的意义，我的不可预知的原创力，无法想象的再创力。我在感受到茫然无助和虚无缥缈的同时，我也感受到了许多类别的期盼和呼唤，给予我更高要求和无穷力量。因此，我明白，是身体里面和外面的一切世界，给予了我属于一个生命、一个诗人的权利，那就是创造，不可复制的唯一性的创造。

我创造，是打破日常生活方式、传统思维模式，抛弃层层有形和无形的封锁，凭借杰出思想、伟大人格、卓越行动的不息滋养和热心支持。首先，我打破故意的、低矮的、狭隘的学校教育。是这种教育，让我一度失去了作为一个人应该有的尊严和创造力，并变成彻头彻尾的奴才。然后，我打破地域——故意的、狭小的、单独的行政区划。是认识的方便和统治的需要，让我一度失去了作为一个人的自由和与这个世界从容的对话。接着，我打破文明——它过分地、优雅地坐在高高的神龛之上，远离着眼前忍辱负重的现实。顺便，我打破政治——政治的本质是秩序和管理，但是，我们清楚地经历着政治，这是一个冷漠的机器和极端的手段。但是，我的生命，因为拥有了一生的长度而变得幸运，却又不得不被动地、坚定地、慈悲地生存在这样的政治、这样的辖区、这样的教育之中，——充满奋进的力量。

我的创造犹如生命出壳。犹如锥处囊中。

四

《汶川羌》是一个例外，也是一个必然。她见证的是一个角度、一个方位、一个时空、一个社会、一个时代的剖面，是人类色彩的一个显现。我觉得，长诗《汶川羌》更多身处在影像世界中的黑白世界，没有其他色彩的渲染，但一定是这个世界的客观反映，是这个事件和这个种群的自己反映，自我表达。

关于汶川和羌这两个词语，我在美国爱荷华“国际写作计划”交流中，做过一些说明，在诗人羊子的博客中也有呈现，当然，也在《汶川羌》的诗篇之中有所定义和阐释。

因为时代的色盲和手指的局限，我的诗歌没有进入多彩、自由、更大的见证，因此，也就只是见证了一部分白天、一部分晴天、一部分明亮。

也就是说，长诗《汶川羌》还未见证到白天对面的黑夜，晴天之外的阴天，明亮之外的腐朽、黑暗，甚至堕落和糜烂。这些，通通都在我的身体所处的这个时代，一分一秒地发生着，日新月异地演化着，与时俱进地推进着，——都在我的身体所处的这个地区的里面或者外面，不可阻拦地泛滥着，放纵着，无声无息，浩浩荡荡，毫无掩饰。——这些堕落和糜烂。这些腐朽和黑暗。这些晴天之外的阴天。这些白天对面的黑夜。

我开头说过，生命需要经历，时代需要见证，诗歌需要分娩。我是一个人，但是，我必须是人类前行的脚步走到 21 世纪的人，是众多心血、众多信仰、众多牺牲、众多祝福、众多帮助之下孵化出来的人，不是从自然物质世界中刚刚生育出来的人，不是奴役时代的人，不是殖民时期的人，不是战争岁月的人。因此，我天生就具有文明的属性，天生就具有现代的属性，天生就具有超越时代的属性。我是诗人，天生就是诗人，本质就是诗人，但是，我必须通过诗歌的形式来表现，来外化，来呼应。犹如果树经过果子实现自我。因此，我的诗歌，只是我这个诗人的冰山一角。我的语言，也只是我这个人的一口泉眼。

五

因此，我经历，我见证，我表达。

我见证同时代的人和事。我的诗歌见证同时代的人和事。

我见证我从我的家族我的种群中来。我的诗歌见证我的家族我的种群。

我见证我的生命在物质世界和群体世界中的光芒和质感，广大和渺小。我的诗歌见证这样的质感和光芒，渺小和广大，甚至更多。

既然我是从这个物质的和社会的世界中一步一步走来的，那么，我的诗歌，必然一句一句抵达这样的世界。我不着急，诗歌也不着急。我和我的诗歌，犹如我母亲土地里的一株玉米或者一季收成，有着自己抵达世界的速度、节奏和方式。如果需要，我和我的诗歌也可以是天空中的一颗恒星，宇宙中的一个星系。

即使我的生命的长度，在唯物主义看来，不足 10 厘米或者 1 厘米。

2010 年 8 月 25 日星期三于昆仑书院

原载于《书香天府》

2017 年 1 月巴蜀书社出版

图书在版编目（CIP）数据

汶川年代：生长在昆仑 / 羊子著. -- 北京：作家出版社，2017. 9

（中国少数民族文学发展工程 · 出版扶持专项丛书）

ISBN 978-7-5063-9650-9

Ⅰ. ①汶… Ⅱ. ①羊… Ⅲ. ①诗集－中国－当代 Ⅳ. ① I227

中国版本图书馆CIP数据核字（2017）第213272号

汶川年代：生长在昆仑

作　　者： 羊　子
责任编辑： 史佳丽　李亚梓
特约编辑： 张绍锋　郑　函
装帧设计： 孙惟静
出版发行： 作家出版社
社　　址： 北京农展馆南里10号　　**邮　　编：** 100125
电话传真： 86-10-65930756（出版发行部）
86-10-65004079（总编室）
86-10-65015116（邮购部）
E-mail:zuojia@zuojia.net.cn
http://www.haozuojia.com（作家在线）
印　　刷： 北京玺诚印务有限公司
成品尺寸： 170×240
字　　数： 178千
印　　张： 19.75
版　　次： 2017年12月第1版
印　　次： 2017年12月第1次印刷
ISBN 978-7-5063-9650-9
定　　价： 36.00元